I NIBELUNGHI

VOL. II

AF209314

Anonimo

Texte et illustration de couverture : © domaine public
Edition : Culturea (Hérault, 34)
Contact : infos@culturea.fr
Retrouvez notre catalogue sur http://culturea.fr
Imprimé en Allemagne par Books on Demand
Design typographique : Derek Murphy
Layout : Reedsy (https://reedsy.com/)

Dépôt légal : janvier 2023

ISBN : 9791041840885

LA CANZONE DEI NIBELUNGHI

PARTE SECONDA

CRIMILDE

DICIANNOVESIMA AVVENTURA

Come il tesoro dei Nibelunghi giunse a Worms.

Quando la nobile Crimilde rimase così vedova, il margravio Eckewart, con i suoi uomini rimase con lei, come comandava la fedeltà. Egli la servì fino alla morte.

Le fu dato un appartamento a Worms, presso al duomo, ampio ricco e bello, dove la sconsolata sedeva con le sue donne. Andava spesso in chiesa e lo faceva con molta devozione.

Andava spesso là dove era sepolto il suo sposo; ogni giorno ci andava con animo triste, e pregava Dio per lui. Quanto fu pianto con grande fedeltà l'eroe!

Ute e le serve le parlavano spesso. Ma ella nel suo cuore ferito non trovava riposo, nessuna consolazione le giovava. Ella non pensava che a lui, lo amava quanto una donna può amare il marito. Fino all'estremo della sua vita lo pianse. Ma prima lo voleva vendicare. Per quattro anni dopo la morte di Siegfried non aveva rivolto la parola a Gunther, e non aveva guardato Hagen.

Allora Hagen di Tronje disse al re:

«Se facessimo portare qui il tesoro dei Nibelunghi, forse la regina ci riprenderebbe in grazia».

«Proviamolo», disse il re. «Gernot e Giselher intercederanno per noi, perchè ella ne sia contenta».

«Credo che ciò non sarà mai», disse Hagen.

Allora ordinò a Ortwein e al margravio Gere di recarsi a corte insieme a Gernot e al giovinetto Giselher e di parlare con dolcezza e convinzione a Crimilde.

L'ardito Gernot disse:

«Donna, voi piangete troppo a lungo la morte di Siegfried. Il re vi dimostrerà che non fu lui a colpirlo. Troppo vi udiamo lamentarvi per lui».

Ella disse:

«Nessuno lo incolpa. Lo fece la mano di Hagen. Io stessa gli rivelai dove era vulnerabile. Potevo imaginarlo che egli lo odiasse?», disse la nobile regina.

«Non avrei mai tradito la sua bella persona! Io, sventurata, non perdonerò mai a chi l'ha fatto».

Giselher, il leggiadro giovinetto, cominciò allora a piangere. Ella disse:

«È un grande peccato il vostro. Gunther mi ha fatto una pena che non meritavo. La mia bocca gli dà il perdono; il mio cuore mai più».

I suoi amici dissero:

«Col tempo andrà meglio. Oh, potessimo rivederla lieta!».

E la dolorosa disse:

«Ebbene, farò come volete.. Voglio salutare il re».

Quando egli lo seppe, si recò da lei coi suoi migliori amici. Ma Hagen non osò andarci; era troppo consapevole della sua colpa.

Mai una riconciliazione non costò più lagrime. Ma ella mostrò di perdonare a tutti, meno a uno Hagen.

Non molto tempo dopo fu fatto in modo che il tesoro dei Nibelunghi venne portato sul Reno. Era giusto che appartenesse a Crimilde; era il dono di nozze di Siegfried. Era un tesoro così ricco che a stento dodici carri poterono portarlo fuori della montagna. Era tutto oro e gemme. Ma a Crimilde quel tesoro non importava nulla, anche se fosse stato mille volte maggiore. Se Siegfried fosse restato vivo, ella sarebbe rimasta con lui anche povera.

Del tesoro Crimilde si servì a beneficare molta gente. Donava ai poveri e ai ricchi, tanto che Hagen cominciò a dire:

«Se la lasciate continuare così, ella trarrà dalla sua parte molti guerrieri, e l'andrà male per noi».

Disse il re Gunther:

«Il tesoro è suo. Che importa a noi come ella lo spende? Non vedevo l'ora che mi ridivenisse amica; non le domando come distribuisce le sue gemme e il suo oro».

Hagen disse al re:

«Un uomo prudente non affida tali tesori a una donna. A forza di doni ella arriverà al punto che i Burgundi se ne dovranno pentire».

Disse re Gunther:

«Io le ho fatto giuramento di non darle più nessuna pena. E voglio mantenerlo. Essa è mia sorella».

Hagen replicò:

«Gettate la colpa su di me».

E i due, dimentichi del giuramento, tolsero alla vedova l'immane tesoro. Ma Gernot si adirò quando lo seppe. E il giovane Giselher disse:

«Molto male ha fatto Hagen a mia sorella. Se non ci fosse congiunto, lo pagherebbe con la vita».

E nuove lagrime pianse la moglie di Siegfried.

Il re Gernot disse allora:

«Piuttosto di sopportare nuove pene con questo oro, meglio sarebbe buttarlo nel Reno, così non apparterrebbe più a nessuno».

Crimilde andò da Giselher immersa in gran pianti, pregando il fratello di proteggere la sua vita e i suoi beni. E Giselher le promise tutto, ma frattanto Hagen e gli altri erano andati ad affondare il tesoro nel Reno, giurando che non avrebbero confidato a nessuno dove l'avrebbero nascosto.

Al dolore di Crimilde per il marito si aggiunse questo nuovo: la perdita del tesoro.

Dopo la morte di Siegfried ella visse così tredici anni, sempre pensando a lui in fedeltà perfetta.

Dama Ute aveva frattanto fondato una abbazia principesca dopo la morte di Dankwart, con grosse rendite, là a Lorsch, che si vede ancora oggi.

E anche Crimilde, per l'anima di Siegfried e per la salute di tutte le anime, aveva dato volentieri oro e gemme; raramente ci fu al mondo una moglie più fedele di lei.

Ma, dopo la riconciliazione con Gunther, e dopo che per colpa di lui perdette il grande tesoro, la sua pena si accrebbe così che desiderò andarsene dal paese.

Dama Ute intanto si era ritirata nel convento di Lorsch, e vi si nascose; ancora oggi la nobile regina giace là nella sua tomba.

Ma ella aveva detto a Crimilde:

«Cara figlia mia, non puoi rimanere qui. Vieni nella mia casa di Lorsch, e smetti di piangere».

Crimilde rispose:

«E dove lascerei mio marito?».

«Lascialo qui», rispose dama Ute.

«Mai!», rispose. Crimilde, «mai, cara madre; mio marito e io ce ne andremo sempre insieme».

E allora la dolente fece disseppellire le ossa del suo amato, e lo deposero con grandi onori a Lorsch, dove giace tuttora. Ma proprio mentre Crimilde aveva deciso di accompagnare la madre dove questa avesse voluto, accaddero altre cose che le impedirono di farlo.

VENTESIMA AVVENTURA

Come re Attila inviò i messi a Crimilde.

Era il tempo in cui morì dama Helke, e il re Attila pensò di sposare un'altra donna, e i suoi amici gli consigliarono Crimilde, la superba vedova di Siegfried.

Il ricco re però disse:

«Come combinare tal cosa? Io sono un pagano, un uomo non battezzato, e ella è cristiana».

Gli amici dissero:

«Forse lo farà per il vostro nome famoso e le vostre ricchezze. Si può sempre tentare».

Disse il nobile re:

«Chi di voi conosce il popolo e il paese sul Reno?».

E il buon Rüdiger di Bechlar disse:

«Conosco fin da quando ero fanciullo i nobili re, Gunther e Gernot. Il terzo si chiama Giselher, ognuno di loro fa quanto è di meglio in fatto di onore, come fecero i loro avi».

Attila domandò:

«È degna di portare qui la corona? È così bella come dice la fama?

Disse Rüdiger

«In bellezza eguaglia la mia signora, Helke; nessuna regina al mondo è più bella».

Disse Attila

«Va dunque a chiederla per mia sposa. E, se tu la ottieni, io te ne ricompenserò».

Rüdiger rispose:

«Andrò volentieri al Reno come tuo messaggero, e non mi abbisogna nulla, sono ricco per opera tua. Tutto ebbi dalla tua mano».

Disse Attila:

«Quando vuoi partire? Dio ti protegga e anche la mia sposa, e la fortuna faccia che mi sia propizia».

Il margravio prese tempo ventiquattro giorni per i preparativi del viaggio. E mandò a sua moglie Gotelinde a Bechlar un messo per avvertirla che egli sarebbe partito. La margravia allora ripensò alla sua buona regina Helke, e con dolore si domandava se mai un'altra sarebbe come quella.

Dopo sette giorni Rüdiger andò a Bechlar, a trovare sua moglie, mentre a Vienna si preparavano le vesti per gli ambasciatori. A Bechlar lo aspettavano Gotelinde e la leggiadra figliuola; là Rüdiger ebbe alloggiamento per tutto il suo seguito.

Come erano liete, Gotelinde e la giovane margravia, per l'arrivo di Rüdiger! La nobile donzella disse con viso ridente:

«Benvenuti, mio padre, e i suoi vassalli!».

E gli uomini porsero grazie alla giovane margravia.

La notte Gotelinde domandò al marito particolari più precisi della sua spedizione, e egli le spiegò che andava a chiedere Crimilde in isposa per il suo signore.

E Gotelinde se ne mostrò contenta. E insieme pensarono come avrebbero riccamente ospitato tutto il suo seguito.

Dopo altri sette giorni il margravio e la sua gente partirono da Bechlar, e attraversarono la Baviera, carichi di armi e di vesti. Dopo dodici giorni giunsero al Reno.

La nuova della loro venuta non potè restare celata. Il re cominciò a domandare chi fossero quegli stranieri, e intanto furono loro preparati alberghi nella città.

Hagen di Tronje disse:

«Non li ho mai veduti, ma, pur essendo molto tempo che non incontrai Rüdiger, mi sembra sia lui, del paese degli Unni».

E infatti i due cavalieri si riconobbero, e gli ambasciatori ebbero splendide accoglienze. Hagen di Tronje gridò a gran voce:

«Ben venuti questi cavalieri, benvenuto il signore di Bechlar con la sua schiera!».

Gli snelli Unni furono accolti con onore.

Furono introdotti nella sala dove era il re, il quale si alzò per riceverli, e prese Rüdiger per mano. Tutti gli altri eroi e i principi giunsero al palazzo per accogliere i graditi ospiti. Allora si levò Rüdiger, l'ambasciatore, e disse al re:

«Datemi licenza d'esporvi la ragione per cui re Attila mi manda a voi».

E il re gli diede licenza.

Disse allora il fido ambasciatore:

«Il mio grande re offre i suoi servigi a Voi e a tutti i vostri amici. Ma il suo popolo non ha più gioia dacchè la mia signora è morta, Helke, la moglie del mio signore».

Gunther disse:

«Dio lo premii per l'offerta dei suoi servigi, e tutti cercheremo di esserne degni».

Allora parlò Gernot, il nobile principe dei Burgundi:

«Il mondo può piangere la morte della bella Helke, per le sue grandi virtù e la sua cortesia».

E Hagen e altri dissero lo stesso.

E Rüdiger, il messaggero, disse:

«Permettetemi, nobile re, di esporvi anche altra cosa che vi manda a dire il mio caro signore: Egli vive in grande pena dopo la morte della regina Helke. Gli fu detto che Crimilde è senza marito, poichè morì Siegfried. E, col vostro consenso, ella dovrebbe portare la corona nel paese di Attila».

Gunther rispose cordialmente:

«Glielo dirò, e vi farò sapere fra tre giorni la risposta. Se ella non rifiuta, come potrei io negare alcunchè a Attila?».

Gli ospiti ebbero tutti comodi appartamenti, e Rüdiger disse che aveva trovato buoni amici tra i vassalli di re Gunther. Hagen lo serviva volentieri; egli aveva già goduto della stessa ospitalità.

Così passarono tre giorni. Il re adunò i suoi consiglieri, come saggiamente faceva sempre. E domandò loro se era bene che Crimilde sposasse Attila.

Tutti approvarono, meno Hagen. Egli disse a re Gunther:

«Se siete saggi, state in guardia, e se anche ella acconsentisse, non permettetele di farlo».

Gunther replicò:

«Perchè dovrei oppormi? Tutto ciò che di buono le può ancora occorrere nella vita, io glielo auguro. È la sorella mia». Ma Hagen disse:

«Parlate inconsideratamente. Se conosceste Attila come io, e la sua potenza, non gli lascereste sposare vostra sorella».

A questo diverbio intervennero anche Gernot e Giselher, e diedero torto a Hagen. Giselher disse:

«Amico Hagen, dovreste compensarla del male che le faceste, e guardare senza invidia il bene che può ancora godere».

Ma Hagen era fermo nella sua idea:

«Lo riconosco, è vero. Ma, se ella sposa Attila e va nel suo regno, ella ci procurerà molte pene».

Gernot allora disse:

«Facciamo così. Fino alla morte dei due, nessuno di noi si recherà mai nel paese di Attila»

E Hagen ancora:

«Se la nobile Crimilde porterà la corona di Helke, ella ci procurerà tutto il male che le sarà possibile. Dovreste rinunziare a questa idea, cavalieri».

Giselher allora proruppe adirato:

«Qualunque cosa diciate, Hagen, io le manterrò la mia fede, e mi rallegrerò di ogni suo onore».

L'animo di Hagen ne fu rattristato, ma i tre fratelli si posero d'accordo che, se Crimilde accettava, non si sarebbero opposti. Il margravio Gere si offrì di portare a Crimilde la novella. Fu accolto da lei con benevolenza, ma ella rispose:

«Non vi fate gioco di me, misera. Che potrei io dare a un uomo, che ebbe l'amore sincero di una buona moglie?».

Gernot e Giselher vennero anch'essi e tentarono di farle coraggio e di persuaderla. Ma invano. Allora i cavalieri le dissero:

«Se non volete cedere, almeno ricevete voi stessa l'ambasciatore».

La regina rispose:

«Riceverò volentieri il buono e cortese Rüdiger».

Disse:

«Domattina presto mandate il cavaliere nei miei appartamenti. Gli comunicherò io stessa la mia decisione».

Il nobile Rüdiger non desiderava di meglio che vedere la superba regina; sapeva che era saggia, e forse gli sarebbe riuscito di convincerla alle nozze.

Il giorno appresso, dopo l'uscita da la messa,

giunsero i messaggeri. Ci fu allora una gran ressa

di guerrier che di andare a corte aveano invito.

Si ammirò allor più d'uno assai magnifico vestito.

Crimilde, immersa in cupi dolorosi pensieri,

aspettava l'arrivo dei nobili stranieri.

Rüdiger la trovò in veste assai dimessa;

le dame erano sfarzose più che la regina stessa.

Ella andò ad incontrarlo fin su la porta, e accolto
il messaggero d'Attila fu con benigno volto.
Egli entrò dodicesimo dei ricchi cavalieri.
Mai si videro nel mondo più nobili messaggeri.

Furono allor pregati di seder tutti quanti,
i due margravi stavano a la regina innanti.
Eckewart e Gere, da l'imponente aspetto.
Tacevan tutti e stavano in atto di gran rispetto.

Molte belle fanciulle là seder furon viste,
ma Crimilde si stava con volto scuro e triste.
La sua veste dinanzi era molle di pianto.
Il nobile margravio si avvide tosto di tanto.

Egli parlò con molto rispetto: «Concedete,
nobile principessa, a me e a quanti vedete
che dal lontan paese qui facemmo passaggio
che vi esponiamo il vero scopo del nostro viaggio».

Replicò la regina: «Vi udirò ben volentieri,
parlate francamente, nobili cavalieri,
voi siete messaggero valente, ed io vi ascolto».
Ma si avvidero tutti che contrario era il suo volto.

Allora Rüdiger parlò molto abilmente:

«Signora, a voi mi manda Attila, il re possente,

per offrirvi la fede e l'amor suo. A tal fine

noi venimmo, signora, da sì lontano confine.

«Egli v'offre un amore sincero ed una piena

felicità di vita ricca dolce e serena.

Porterete sul capo quella stessa corona

che già cinse la fronte di Helke la regina buona».

Rispose a lui Crimilde: «Margravio, se qualcuno

conoscesse la pena che nel mio cuore aduno,

non mi direbbe certo di prendere un secondo

marito, dopo il migliore che mai sia stato al mondo».

Replicò quell'ardito: «Ma, conforto migliore,

signora, non v'è al mondo che un infinito amore.

Quando è lecito amare, quando il cuore riposa

sopra un cuore fedele, v'è forse più dolce cosa?

«Se vi degnate accogliere l'amor del mio sovrano,

ben dodici corone saranno in vostra mano,

e pur di trenta principi, vinti dal mio signore,

possedereste i vasti territori con onore.

«Voi terrete il comando d'uomini forti e arditi,

che al servizio di Helke già furono istruiti,

e sopra molte nobili donne, tutte valenti,

figlie d'alti signori e di principi potenti».

Così parlò l'ardito, e aggiunse. «Il re, signora,

a tutto quel che ho detto vuole che aggiunga ancora

che tutte le sue schiere vi saranno soggette

come furono a Helke; il re giura e lo promette».

«Come potrei», rispose la regina piangendo,

«pensare ad uno sposo, nel mio dolor tremendo?

La morte m'ha in maniera così atroce colpita

che consolarmi mai non potrò, finchè avrò vita».

Replicarono gli Unni: «Signora, a quella corte

la vita è così splendida, che anche il dolor più forte

si calmerà; ogni gioia troverete fra noi.

Vi saranno di scorta molti dei nobili eroi».

Ella parlò cortesemente:

«Sospendiamo questo discorso fino a domattina; poi ritornate da me, e vi darò una risposta».

I guerrieri dovettero ubbidire.

Quando quelli se ne furono andati, la nobile donna mandò a pregare Giselher e la madre di andare da lei; e disse loro che a lei conveniva soltanto di piangere e null'altro.

Allora suo fratello Giselher disse:

«Io penso, sorella mia cara, e tu puoi credermi, che re Attila saprà alleviare la tua pena e il tuo affanno, e, se tu lo prendi per marito, mi pare che farai bene. Egli ti potrà consolare», disse ancora Giselher.

«Dal Rodano fino al Reno, dall'Elba fino al mare, non si conosce nessun re più potente di lui. Tu puoi ben rallegrarti se egli ti sceglie come sua sposa».

Ella disse:

«Caro fratello, come puoi consigliarmi tal cosa? A me conviene solo piangere e lamentarmi. Come oserei presentarmi a quella corte, dinanzi a quei cavalieri? Se mai ebbi qualche bellezza, essa è sparita».

Allora dama Ute parlò alla cara figliuola:

«Fa ciò che i tuoi fratelli ti consigliano, figlia mia. Segui ciò che dicono coloro che ti amano. È troppo tempo che ti vedo immersa nel tuo grande dolore».

Crimilde pensava tra sè:

«Ma, se io mi dò a un pagano, io, donna cristiana, ne dovrò portare vergogna sulla terra. No, se anche mi donasse tutti i suoi regni, no, non devo sposarlo». E rimase tutta la notte in preda ai suoi pensieri, e non trovò mai quiete nel suo letto.

I suoi chiari occhi non si asciugarono, finchè all'alba ella tornò a andare alla messa.

Anche i re erano venuti in tempo della messa; essi presero per mano la loro sorella, e la consigliarono di sposare il re degli Unni. Ma la donna non si rallegrò punto.

Allora vennero chiamati gli inviati di Attila, i quali già si disponevano a prender commiato dal paese di re Gunther, sia che la risposta fosse di sì o fosse di no.

Quando Rüdiger giunse a corte, i suoi compagni gli consigliarono di indagare bene le intenzioni di Gunther, per disporsi quindi a partire, il che pareva buono a ognuno.

La strada del ritorno era molto lunga.

Rüdiger fu condotto da Crimilde.

Subito il cavaliere incominciò con insinuanti parole a pregarla di fargli note le sue intenzioni, che egli doveva recare nel paese degli Unni.

Ma l'eroe non incontrò che un rifiuto.

Ella non voleva più amare nessun uomo.

Il margravio replicò:

«Questo non sarebbe giusto. Perchè vorreste vedere deperire la vostra bella persona, mentre potreste con onore divenire la consorte di un eccellente cavaliere?».

A nulla valsero le preghiere, finchè Rüdiger non ebbe parlato segretamente con la regina, dicendole che egli sperava di vendicarla dell'offesa patita.

Allora la sua grande tristezza cessò un poco. Egli disse alla regina:

«Non piangete più; se anche tra gli Unni non aveste che me solo, i miei fedeli amici e coloro che mi sono soggetti, vi giuro che la pagherebbe cara colui che vi avesse fatto del male».

L'animo della donna si sollevò un poco.

Ella disse:

«Giuratemi allora, Rüdiger, che se qualcuno mi farà del male, voi sarete il primo a vendicarmi».

E il margravio rispose:

«Io sono pronto, signora».

Allora Rüdiger giurò, coi suoi uomini, di servirla sempre fedelmente, e di non negarle mai nulla che riguardasse il suo onore nel paese di Attila.

Rüdiger in fede le presentò la mano. Allora la fida di Siegfried pensò:

«Se io riesco a guadagnare tanti amici sicuri, poco m'importa nella mia angoscia ciò che dirà la gente. Forse la morte del mio nobile sposo sarà vendicata».

Ella pensava:

«Poichè il re Attila ha tanti forti cavalieri, ai quali io comanderò, farò come voglio».

Crimilde però mostrava ancora qualche scrupolo circa alla religione; ma Rüdiger la convinse che Attila era battezzato, e se era poi ritornato al Paganesimo ella potrebbe poi nuovamente convertirlo.

I fratelli della regina unirono le loro preghiere a quelle del margravio, e la pregarono tanto che ella finì per acconsentire. Ella disse:

«Dovrò dunque ascoltarvi, io, misera regina! Ebbene, sia pure, andrò presso gli Unni, se trovo qualche amico che mi accompagni».

Disse il margravio:

«Ho con me cinquecento uomini, che sono al vostro servizio qui e nel regno di Attila, io stesso sono con voi, in piena fedeltà. Tenete pronte le coperte dei vostri cavalli, e scegliete le donzelle che devono accompagnarvi; parecchi scelti cavalieri ci muoveranno incontro».

Cominciano così i preparativi per il viaggio. Crimilde aveva ancora una buona parte del tesoro dei Nibelunghi, e voleva spartirlo fra gli uomini di Rüdiger. Seicento mule non sarebbero bastate a portarlo. Ciò venne agli orecchi di Hagen.

Egli disse:

«Crimilde non mi diverrà amica mai più. Dunque l'oro di Siegfried deve rimanere qui. Dovrei lasciare una tale ricchezza ai miei nemici? Io so bene ciò che Crimilde farà con questo tesoro. Ella se ne servirebbe contro di me, distribuendolo fra i suoi uomini. E poi non ha neppure abbastanza cavalli per portarlo via. Lo terrò io e lo si faccia sapere a Crimilde».

Quando ella lo seppe ne provò una pena atroce. Ricorse anche ai re, ma inutilmente.

Allora Rüdiger le disse con lieto volto:

«Nobile figlia di re, perchè vi lamentate dell'oro? Quando gli occhi del re Attila vi vedranno, vi darà un tesoro così grande, che mai non riuscirete a consumarlo».

Ella possedeva ancora mille marchi d'oro, e li offrì in suffragio dell'anima di Siegfried. Poi la povera regina domandò

«Quali sono i miei amici che, per amor mio, saranno nella pena, e mi accompagneranno nel paese di Attila?».

Il margravio Eckewart le rispose subito:

«Io vi ho sempre servito fedelmente, e continuerò a servirvi sino alla fine della mia vita. Condurrò pure meco cinquecento uomini, che saranno al vostro servizio lealmente fino alla morte».

Gli addii con la regina Ute e le sue donne furono dolorosi.

Crimilde conduceva con sè cento donzelle ben vestite, vi furono molte lagrime da una parte e dall'altra. Il Giovine Giselher e re Gernot con mille cavalieri vollero accompagnare sino al confine la cara sorella, e con loro andarono Gere, il veloce, e Ortwein, e Rumold, il capo delle cucine, e Volker, i quali dovevano occuparsi degli alloggiamenti.

Intanto erano stati spediti messaggeri nel paese degli Unni a annunziare al re che Rüdiger gli conduceva in sposa la nobile regina.

VENTUNESIMA AVVENTURA

Come Crimilde andò al paese degli Unni.

Giselher e Gernot accompagnarono la sorella fino al Danubio, e là si accomiatarono da lei, e non fu senza lagrime. Giselher le disse:

«Sorella, se mai avessi bisogno di me, fammelo sapere, e io per servirti mi recherò al paese di Attila».

Crimilde baciò sulla bocca i fratelli e proseguì il viaggio.

Lungo il Danubio giunsero in Baviera. Là dove l'Inn si getta nel Danubio, a Passau, c'era un vescovo di nome Pilgrin. Quando egli seppe del passaggio di Crimilde, le andò incontro perchè ella era sua nipote; e tutti i cittadini e mercanti la accolsero con grande onore. Ma il margravio di Eckewart ricusò l'invito di pernottarvi, perchè voleva fermarsi un poco nel paese di Rüdiger. Questi aveva inviato dei messaggi alla moglie e alla figliuola perchè accogliessero degnamente la regina. E la margravia Gotelinde le andò incontro a cavallo.

I cavalieri delle due parti si fecero cortesi accoglienze, e poi eseguirono giochi e esercizi cavallereschi, Frattanto Rüdiger aveva salutato affettuosamente la moglie e poi la condusse verso Crimilde. Ma, quando questa vide la margravia, subito balzò di sella e le andò incontro, condotta dal vescovo, che era il fratello della regina Ute.

La straniera baciò la margravia sulla bocca.

Allora la nobile margravia parlò cortesi parole.

«Sono felice, signora, di vedervi coi miei occhi in questo paese».

Disse Crimilde:

«Dio ve ne ricompensi, nobile Gotelinde. Finchè vivrò sana nel paese di Attila, vi sarà sempre di vantaggio l'avermi veduta».

Nessuna delle due presentiva ciò che più tardi doveva accadere. Il castello di Bechlar era pronto a ricevere gli ospiti. La figlia del margravio col suo seguito fu ricevuta amabilmente dalla regina. Crimilde le donò dodici braccialetti d'oro e magnifiche vesti. Benchè le fosse stato tolto il tesoro dei Nibelunghi, ella, del poco che le era rimasto, fece dono alla gente dei suoi ospiti.

Lo stesso fece Gotelinde con gli stranieri, a tutti donò oggetti preziosi o vesti. Quando, dopo il pranzo, si dovette ripartire, Crimilde fece molte carezze alla figlia di Rüdiger. Questa le disse:

«Se vi parrà bene e se mio padre sarà contento, verrò da voi nel paese degli Unni».

I cavalli erano sellati. Molti furono gli addii; coppe d'oro piene di vino furono recate ai partenti. Un oste, di nome Astoldo, indicò loro la strada verso l'Austria, sopra Mauthausen, sul Danubio. Il vescovo Pilgrin si separò affettuosamente dalla nipote, le diede buoni consigli, e le raccomandò di comportarsi come aveva fatto la regina Helke.

I viaggiatori giunsero a una fortezza chiamata Traisenmauer, che una volta era stata abitata da Helke, e là si fermarono per quattro giorni.

VENTIDUESIMA AVVENTURA

Come Crimilde fu ricevuta dagli Unni.

Al re Attila fu recata la notizia dell'arrivo di Crimilde; allora gli passò l'antica pena e mosse a incontrare l'amata.

Su tutte le strade del regno si vedevano passare cavalieri cristiani e pagani; ve n'erano di russi e di greci, di polacchi e di valacchi sui veloci cavalli, ciascuno nel costume del proprio paese.

Frattanto Crimilde era giunta a una città dell'Austria, sul Danubio, chiamata Tullia. Là vide costumi stranieri, che non aveva mai conosciuto. E fu ricevuta da persone alle quali ella doveva poi far molto male.

Dinanzi a re Attila cavalcava un corteo allegro, magnifico, ben abbigliato; erano ventiquattro splendidi e potenti principi, che non desideravano altro che di vedere la loro regina. Ramung, il duca della Valacchia con settecento uomini; correvano come volanti uccelli; il principe Gibeke, con la sua schiera; Hornborg, il veloce, con mille uomini; l'ardito Hawart di Danimarca, Iring e Irnfried, e Blodel, il fratello di re Attila, e altri ancora; infine Attila stesso col signore Teoderico e tutti gli eroi.

Rüdiger disse a Crimilde:

«Signora, il re vorrà ricevervi qui. Baciate quelli che io vi dirò. Non potete accogliere ugualmente tutti i guerrieri di Attila».

Crimilde fu levata di sella; Attila non indugiò punto, smontò da cavallo e si accostò pieno di gioia alla regina. Ella lo accolse benevolmente con baci. Splendeva il suo viso in mezzo all'oro, tanto che più d'un uomo disse che Helke non poteva essere stata più bella.

Rüdiger le disse di baciare Blodel, fratello del re, e Gibeke e Teoderico e altri dodici cavalieri.

Mentre Attila si intratteneva con la regina, i cavalieri giostravano fra di loro. Poi Attila e Crimilde entrarono in una magnifica tenda preparata per loro; la regina sedette sopra un ricco seggio, e ricevette parecchie donzelle che le furono presentate dai cavalieri. Continuarono i giochi e i tornei, fino a notte, poi ciascuno si ritirò negli alloggiamenti preparati, finchè al nuovo giorno si mossero tutti da Tulna verso Vienna, dove moltissime donne splendidamente adornate accolsero con onore Crimilde.

Là era preparata ogni cosa in abbondanza, ma la città non poteva contenere tutta la gente accorsa, e molti dovettero attendarsi in campagna. Le nozze erano fissate per il giorno di Pentecoste. Crimilde faceva doni a tutti, e parecchi dicevano:

«Credevamo che a Crimilde fosse stato tolto il suo oro, e invece ci sorprende coi suoi regali».

Le nozze durarono diciassette giorni. Le canzoni eroiche non parlano di nessun altro re che facesse tali nozze. Tutti gli ospiti portavano vesti nuove. E il re diede molti ricchi mantelli lunghi e ampi, e anche molti vestiti belli, secondo il desiderio di Crimilde.

In mezzo a tutti quegli onori ella pensava al tempo quando viveva felice sul Reno, presso il suo nobile sposo, e gli occhi le si inumidivano, ma faceva in modo che nessuno se ne accorgesse.

Al diciottesimo giorno partirono da Vienna, e re Attila ritornò con gioia nel paese degli Unni. Passarono la notte nella vecchia città di Heimburg, e a Miesenburg si cominciò a navigare, e l'acqua era così coperta di navi e battelli che pareva terra ferma.

A Etzelburg gli sposi erano attesi da cavalieri e donzelle, che erano già stati al servizio di Helke. Crimilde vi trovò sette figliuole di re, che erano l'ornamento della corte di Attila. Tutto il personale era governato dalla giovinetta Herrat, figliuola di una sorella di Helke, e fidanzata di Teoderico. Crimilde coi suoi doni e col suo contegno regale si rendeva gradita a tutti. Come teneva bene il posto di Helke!

VENTITREESIMA AVVENTURA

Come Crimilde pensò a vendicare il suo dolore.

Vissero così in grandi onori per sette anni. La regina ebbe un figlio che volle fosse battezzato secondo il rito cristiano, e fu chiamato Ortlieb; tutto il paese di Attila fu in grande gioia.

La regina era ben conosciuta dagli stranieri e dalla gente del paese, e tutti dicevano che mai una donna migliore e più dolce non v'era stata in nessun paese.

Sapeva che oramai nessuno più si sarebbe opposto alla sua volontà.

Vedeva continuamente dodici re pronti a servirla, e cominciò a ripensare alle tante offese che aveva ricevuto nella sua patria.

Pensava ai grandi onori che aveva goduto nel paese dei Nibelunghi e dei quali l'aveva spogliata Hagen, uccidendo Siegfried.

Non aveva nemici, dunque, tra i cavalieri

(mentre in corte tal cosa succede volentieri),

dodici re al suo cenno stavan continuamente,

ma l'offesa patita sempre le era presente.

Spesso pensava ai giorni sì lieti del passato,

alla gioia, agli onori del suo felice stato,

che la mano assassina di Hagen le avea tolto.

A vendicarsi ogni suo pensiero era rivolto.

«Potessi qui attirare quel traditor!», pensava.

Del fratello minore, di Giselher, sognava

ch'ei le fosse vicino, tenendola per mano,

e lo baciava in viso. Quanto il sogno poi fu vano!

Fu il diavolo, sicuro, che la indusse a baciare

Gunther, quando i Burgundi ella fu per lasciare,

in segno di perdono. Ora n'era pentita.

E nuove ardenti lagrime versava ora la tradita.

Sempre ai cupi pensieri, fosse sera o mattina

sempre ai suoi due nemici tornava la regina.

La colpa era di Gunther e Hagen, se a un pagano,

pur riluttante, aveva concesso ella la sua mano.

La brama di vendetta non le lasciava pace.

«Sono ricca e potente», pensava, «e se mi piace

or potrei far scontare a talun la mia pena.

Ah se di Hagen potessi aver vendetta piena!

«Al ricordo di Siegfried l'anima mia ancor geme.

Oh se potessi avere i miei nemici insieme

qui, tutti e vendicare la morte del diletto!

Fosse oggi! Già mi tarda. È troppo tempo che aspetto».

Pensava: «Io vo' pregare il re, perchè li inviti

nel paese degli Unni. Voglio che tutti uniti

vengano a visitarmi, senz'ombra di sospetto».

Nessuno de la regina indovinava il progetto.

Una notte ella disse al marito:

«Mio caro e buon signore, vorrei pregarvi di dirmi se ho meritato da voi l'affetto per i miei congiunti». Il re ignaro la assicurò che egli amava tutti i congiunti di lei, e allora ella aggiunse:

«Sono triste di non vederli mai qui nel vostro paese; tutti crederanno che io non abbia nessuno al mondo». Disse re Attila:

«Se non fosse tanto lontano li manderei a invitare».

Ella, tutta contenta, disse:

«Mandate qualche messaggero a Worms perchè i miei fratelli e i loro amici vengano in questo paese».

Attila disse:

«Se a voi piace manderò nel paese dei Burgundi i miei suonatori di violino».

Questi furono chiamati alla presenza dei sovrani. Il re disse loro che dovevano recarsi come suoi messi nel paese dei Burgundi, e fece preparare loro magnifiche vesti. I due suonatori erano Schwemmel e Werbel.

Il re disse loro:

«Dite ai miei amici di venire in questo paese, per amor mio, a una festa di corte; l'amicizia dei miei cognati mi è molto cara».

E il superbo Schwemmel domandò:

«E quando dovrebbero essere qui i vostri ospiti?».

Disse il re:

«Nei giorni del prossimo solstizio».

«Faremo», disse Werbel, «quello che piace a voi».
Crimilde allor li fece venire entro dei suoi
privati appartamenti, e così la regina
di molti illustri eroi là decise la rovina.

«Voi», disse ella, «signori, gran premio meritate
se, come io vi comando, l'imbasciata recate.
Se voi riferirete quel ch'io vi dico, esatto,
ricco dono di vesti e denaro sarà fatto

«a ciascuno di voi. Agli amici e parenti
mai direte aver visto i miei occhi piangenti,
sempre serena e lieta voi mi avrete veduto.
E recate agli eroi il mio fervido saluto.

«E pregateli molto che accettino l'invito
che lor manda di cuore il mio nobil marito.
Par agli Unni ch'io sia da tutti abbandonata.
S'io fossi un uomo al Reno sarei certo da sola andata.

«E al mio nobil fratello Gernot direte ancora
che solo di vederlo ora il mio cuore implora
coi migliori fra i nostri amici. E così allora
sarà reso molto onore a la nostra dimora.

«E a Giselher direte che mai nessuna noia
per sua colpa non ebbi a soffrir, che con gioia
lo vedranno i miei occhi. Poichè sinceramente
mi fu amico e fratello, l'amo io pur teneramente.

«Dite pure a mia madre che io sono qui tenuta
in onor. Ma badate che, se Hagen rifiuta
di accompagnarli, allora per queste estranee strade
chi potrebbe guidarli? Ei conosce le nostre contrade».

VENTIQUATTRESIMA AVVENTURA

Come Werbel e Schwemmel portarono l'imbasciata.

I due messi cavalcarono in fretta verso il paese dei Burgundi. Per via si fermarono a Bechlar dove furono ospitati da Rüdiger e Gotelinde, che li incaricarono dei loro saluti per i signori sul Reno.

Nella Baviera trovarono il buon vescovo fratello di Ute; che cosa disse loro di recare ai suoi amici, non lo so; ma donò del suo oro ai due messi.

E poi li congedò dicendo:

«Sarei contento di vedere qui i figliuoli di mia sorella; assai raramente posso io andare fino al Reno». Continuarono indisturbati il loro cammino e dopo dodici giorni giunsero sul Reno a Worms. Il re Gunther, fu avvertito e domandava:

«Chi conosce questi ospiti forestieri?».

Nessuno li conosceva, ma quando Hagen li vide, disse:

«Avremo delle novità, oggi. Quelli sono i suonatori di re Attila. È vostra sorella che li ha mandati».

I messi furono accolti nella sala del re. Hagen mosse tosto loro incontro, e il re disse:

«Benvenuti, suonatori, sudditi di Attila. Perchè il re vi ha mandati qui nel paese dei Burgundi?».

Si inchinarono al re e Werbel disse:

«Il mio caro signore e la sorella vostra, Crimilde, vi offrono i loro servigi. Stanno bene e vivono in gioia».

Anche i due giovani re erano accorsi a udire le notizie. E Giselher salutò molto cordialmente i due messi. Schwemmel disse:

«Non potrei esprimervi con le mie parole quali affettuosi saluti vi mandino Attila e la vostra nobile sorella. La regina vi dice che il suo cuore e i suoi sentimenti sono sempre tutti per voi. Sopratutto, signor re, noi siamo inviati qui perchè voi vi degnate di venire nel paese di re Attila. E con voi cavalcheranno pure il signore Gernot e Giselher. Attila, il gran re, vi manda questo a dire; e, se voi non andrete a vedere la sorella vostra, egli vorrebbe sapere perchè evitate così il suo paese?».

Disse re Gunther:

«Dopo la settima notte, vi dirò quello che avrò deciso col consiglio degli amici, frattanto recatevi nel vostro albergo e riposate bene».

Ma Werbel domandò di parlare alla regina Ute, e Giselher cortesemente li accompagnò da sua madre, che li ricevette con piacere. E Schwemmel le diede nuove di Crimilde.

«Fatemi sapere», disse Ute, «quando vorrete ripartire; da molto tempo non vidi messaggeri più graditi di voi».

Gunther frattanto aveva radunato i suoi amici, e domandava a ciascuno personalmente la propria opinione. Tutti rispondevano che era bene accettare l'invito di Attila. Soltanto Hagen ne soffriva atrocemente. Egli parlò in segreto al re:

«Avete dunque dimenticato ciò che facemmo alla sorella vostra? Dobbiamo tenerci in guardia da Crimilde. Io con la mia propria mano le uccisi il marito; e noi andremmo nel paese di Attila?».

Il re rispose:

«La collera di mia sorella è svanita. Prima di abbandonare il paese ella ci baciò affettuosamente, perdonando ciò che le abbiamo fatto».

Disse Hagen:

«Non lasciatevi ingannare da questi messaggeri unni; se vi fidate di Crimilde perderete l'onore e la vita; è lunga la vendetta della moglie di Attila».

Il re Gernot intervenne e disse:

«Voi avete delle buone ragioni per temere la morte nel regno degli Unni; ma noi faremo male a evitare la sorella nostra».

E il giovane Giselher disse:

«Poichè, amico Hagen, vi sentite tanto colpevole, rimanete qua al sicuro, ma lasciate che noi andiamo dagli Unni».

Allora Hagen andò in collera e disse:

«Se non volete ascoltarmi, ebbene verrò con voi».

Anche Rumold, il capo delle cucine, era del parere di Hagen.

«Rimanete qua», diceva, «dove non vi manca nulla. Avete belle vesti, il miglior vino, ottimi cibi. Si sta male nel paese degli Unni».

Ma Gernot disse:

«Non vogliamo restar qua, poichè mia sorella ci invita così cortesemente, e anche il ricco Attila. Chi non vuole venir con noi, rimanga».

«Davvero», replicò Rumold, «io sarò uno di quelli che non vedranno mai la corte di Attila. Perchè dovrei arrischiare il meglio che possiedo? Voglio conservare la mia vita il più lungamente possibile».

«Io farò lo stesso», disse Ortwein, il cavaliere, «mi occuperò con voi delle faccende di casa».

Gunther si ostinò nella idea di partire, e allora Hagen gli suggerì di armarsi bene e di scegliere mille fra i migliori cavalieri, per poter difendersi dalle feroci intenzioni di Crimilde.

Il re promise di seguire questo consiglio, e radunò oltre tremila cavalieri. Anche Hagen di Tronje e suo fratello Dankwart con ottanta guerrieri si accinsero a partire. Anche Volke, il nobile cantore, che era uno dei migliori cavalieri burgundi, e sapeva suonare il violino. Hagen scelse altri mille uomini assai provati per accompagnarlo nel paese degli Unni.

Gli ambasciatori di Crimilde intanto volevano ripartire, e ogni giorno domandavano licenza, ma Hagen, per prudenza, li tratteneva.

Egli diceva al suo signore:

«Non dobbiamo lasciarli partire prima d'esser pronti anche noi, perchè Crimilde non abbia tempo di prepararsi, se nutre cattivi propositi».

Infine, quando tutto fu pronto, i messaggeri di Attila furono chiamati davanti a Gunther.

Domandò il re:

«Sapete dirci quando ha principio il banchetto a corte? O quando siamo aspettati?».

E Schwemmel rispose:

«Al prossimo solstizio».

I messi mostrarono pure desiderio di vedere la regina Brunilde, ma non fu loro permesso. Vennero offerti loro ricchissimi doni, ma essi li rifiutarono dapprima, dicendo che re Attila aveva loro proibito di accettarli, infine li presero perchè Gunther se ne era offeso.

Prima di partire salutarono Ute, la vecchia regina, che diede loro pure molti oggetti preziosi da portare a Crimilde.

Furono poi scortati fino alla Svevia dai guerrieri di Gernot, e poi ritornarono presto nel paese degli Unni, dove erano sicuri, perchè tutti temevano Attila. E dopo attraversarono i luoghi del buon vescovo Pilgrin e quelli di Rüdiger; infine si presentarono a re Attila, in Gran.

Essi gli portarono saluti e saluti dagli amici sul Reno, e Attila divenne rosso di gioia.

Quando i messi a Crimilde portaron la novella

che i re sarian venuti a veder la sorella

ella fece lor doni di vesti e d'oro assai,

una gioia più grande non aveva provato mai.

Domandò quindi: «Dite, dei miei amici quali

nella visita a corte seguiranno i reali?

Chi verrà tra i più illustri che invitò mio marito?

Hagen che disse quando gli porgeste il nostro invito?».

«Egli giunse al consiglio per tempo una mattina,
e parlò duramente, o nobile regina,
sempre contro il viaggio si pronunciava forte,
dicendo che sarebbe proprio il viaggio della morte.

«Tutti i fratelli vostri certamente verranno,
ma non sappiamo gli altri che li accompagneranno.
I re verranno certo con splendido equipaggio;
e il menestrello Volker sarà anche lui del viaggio».

«Non m'importa», rispose, «che Volker venga o vada,
solo a Hagen ci tengo. Quella è una buona spada!
Al pensier di vederlo mi balza in seno il cuore,
il buon Hagen, cavalier pien di senno e di valore».

Ella andò poi dal re, e con dolci maniere:
«Che ne dite, signore? vi fan dunque piacere»,
disse, «le buone nuove che giungono dal Reno?
Ora possiamo dirci davvero contenti appieno».

«La tua gioia è la mia», disse il re, «e non l'avrei
più grande se anche giungere qui dovessero i miei
propri parenti e amici. Nel veder la tua gioia
mi è uscito dal pensiero ogni fastidio, ogni noia».

VENTICINQUESIMA AVVENTURA

Come i Re andarono dagli Unni.

Il re sul Reno prese seco dei cavalieri
mille e sessanta, e, dicono, novemila scudieri,
tutti armati e con splendidi equipaggi. Coloro
che rimasero piangere dovevano poi su di loro.

Bagagli ed equipaggi furon portati a corte,
Il vescovo di Spira disse a Ute: «La sorte
degli amici che partono mi occupa il pensiero.
Voglia il Signore guardarli nel paese straniero!».

Ute, la buona, disse ai suoi figliuoli allora:
«Vogliate, cavalieri, fare con noi dimora.
Non partite. Ho sognato stanotte un sogno brutto:
gli uccelli del paese cadean morti dappertutto».

«Chi dei sogni si fida», disse Hagen, «non sa
sul conto dell'onore mai dir la verità.
Io desidero invece che prendano commiato
i miei signori e partano, come già abbiamo fissato.

«Al paese di Attila noi andiam volentieri.

Là i lor re serviranno valenti cavalieri,

come si vedrà ben di Crimilde a la festa».

Hagen si pentì poi de la parola funesta.

Mai non avrebbe dato questo fatal consiglio,

se non era di Gernot lo schernevole piglio;

ricordandogli Siegfried gli diceva il signore:

«Hagen non vien con noi, perchè di Crimilde ha timore».

Ma Hagen rispondeva: «Non mi trattien paura,

comandate e con voi correrò l'avventura,

vi seguo volentieri in lontane contrade».

Quanti elmi spezzò dappoi, quanti scudi e spade!

Le navi erano preste per il lungo viaggio,

e ognuno si dispose il suo proprio equipaggio.

Il lavoro durò fino a notte, si dice,

ciascuno di partire era contento e felice.

Di là del Reno alzarono le tende e i padiglioni

e colà si accamparono gli scudieri e i baroni

la notte. Solo Gunther rimase con Brunilde.

Come li separò poi crudelmente Crimilde!

I figli d'Ute avevano un amico sincero,

a loro assai devoto, un forte e buon guerriero;

parlò quegli a re Gunther quel giorno in confidenza:

«Una gran pena, signore, mi fa la vostra partenza».

Si chiamava Rumold il forte e buon guerriero.

Disse al re: «Perchè andare in paese straniero?

Lasciare il vostro regno, la moglie, il figlioletto?

Dai messaggi di Crimilde poco di buono aspetto!».

Disse Gunther: «Ti affido le donne, il figlio e il regno,

tu servili con zelo, è questo il mio disegno.

Consola tu chi piange, nè temere per noi.

Crimilde non fa alcun male ai parenti suoi».

Ma gli addii furono assai dolorosi. Si udivano pianti e lamenti. La regina portò in braccio il suo bambino al re, e disse gemendo:

«Perchè volete renderci orfani entrambi in una volta? Rimanete qua per amor nostro!».

«Donna, non dovete piangere per amor mio. Rimanete qui tranquilla, senza timore. Presto ritorneremo tutti con gioia».

Quando i prodi cavalieri furono a cavallo, molte donne rimasero immerse nel dolore. Il cuore diceva loro che si separavano per sempre. Ma i Burgundi partirono allegri.

Con loro andavano pure mille guerrieri nibelunghi, portanti lo scudo; questi avevano lasciato a casa le loro belle mogli, e non le rividero mai più.

In quei tempi la fede era debole ancora; però un cappellano era con loro, è diceva messa. Quello ritornò sano indietro, benchè con grave pena; tutti gli altri rimasero morti nel paese degli Unni.

Al dodicesimo giorno giunsero al Danubio.

Hagen di Tronje precedeva la schiera, spesso incoraggiando i Nibelunghi.

L'ardito guerriero pose piede a terra sulla spiaggia, e legò prestamente il suo cavallo a un albero.

Il flutto era straripato e tutte le barche erano state nascoste. I Nibelunghi allora erano in grande pensiero di come fare la traversata: l'acqua era troppo larga.

Molti superbi cavalieri posero allora piede a terra.

«Principe del Reno», disse Hagen, «qui stanno per accadere gravi cose, vedilo tu stesso. Il fiume è straripato, la corrente è troppo forte. Temo che oggi perderemo più di un buon guerriero».

«Hagen, che mi venite a dire?», disse il superbo Gunther, «per cortesia, non venite a spaventarci ancora di più. Cercate piuttosto il guado per giungere alla riva e portarvi sani e salvi i bagagli e i cavalli».

«Non sono», disse Hagen, «ancora tanto stanco della vita da voler annegarmi in questo largo fiume. Prima han da perdere per mano mia la vita molti uomini nel paese di Attila, ne ho una gran voglia.

«Rimanete qui sulla spiaggia., nobili e buoni cavalieri; andrò io a cercare i barcaiuoli che ci tragitteranno».

E Hagen prese con sè il suo forte scudo.

Era bene armato. Oltre allo scudo portava solidamente assicurato il suo elmo lucente. Sulla corazza aveva una larga spada, che dalle due parti tagliava terribilmente.

Cercava da ogni parte un barcaiolo, quando

sentì un fruscio ne l'acqua. Ei ristette ascoltando;

erano bianche donne che a una fresca sorgente

rinfrescavano nel bagno il loro corpo fiorente.

Ei s'accostò pian piano, per non farsi vedere,

ma subito le donne scorsero il cavaliere,

e fuggiron lontano. Egli soltanto prese

le loro vesti; punto non volea far loro altre offese.

Una allor de le ondine, Adburga era chiamata,

disse: «Nobile Hagen, vi direm se l'andata

vostra al paese d'Attila avrà eventi funesti

o lieti, sol che renderci vogliate le nostre vesti».

Come uccelli volavano le donne sopra i flutti.

Ei pensò che sapevano certo il destin di tutti,

e che soltanto il vero gli avrebbero risposto.

Cominciò a interrogarle, e quella gli disse tosto:

«Cavaliere, potete partir senza sospetto,

un felice viaggio in mia fè vi prometto.

Mai con più onori e feste si videro gli eroi

trattati, come a corte d'Attila sarete voi».

Di questa profezia Hagen fu assai contento,

e a lor le belle vesti ridiede sul momento.

Ma, appena dei lor veli superbi fur vestite,

parole ben diverse furono da lui udite.

Così gli disse allora Sieglinde, l'altra ondina:

«Per riavere le vesti ti ingannò mia cugina.

Hagen, figlio di Aldriano, io ti voglio avvertire:

nel paese di Attila andate tutti a perire.

Tornate dunque andietro, ne siete a tempo ancora,

nobili cavalieri, chè la vostra dimora

nel paese degli Unni vi diverrà funesta.

Per chi parte è la morte. Altra sorte non gli resta».

Hagen rispose: «Invano voi tentate ingannarmi.

No, no, com'è possibile che tanta gente in armi

perisca, pel rancore d'una sola persona?».

Allora ella gli disse la novella punto buona:

«Nessun di voi, sappiate, ritornerà sul Reno,

questo è il destino vostro se partirete; meno

il vostro cappellano. Di voi tutti egli solo

sano e salvo potrà rivedere il patrio suolo».

Disse l'audace Hagen con rabbia: «Non potrei

certamente tal cosa dire ai signori miei,

che tutti fra gli Unni la vita perderemo.

Ma or dimmi, o saggia donna, come di là passeremo».

Disse: «Se tu non vuoi rinunziare al viaggio,

un solo navalestro v'è su questo passaggio.

Tu vedrai la sua casa là sull'orlo de l'acqua.

Quella, presso e lontano, è la sola». Indi si tacque.

E un'altra gli gridò dietro:

«Aspettate, signore Hagen, avete troppa fretta. Ascoltate, prima come farete per attraversare questo paese. Il signore di questa marca si chiama Else.

«Suo fratello è chiamato Gelfrat, l'eroe, ed è signore in Baviera. Egli non vi lascerà facilmente attraversare la sua marca. Abbiate molta prudenza; e anche col navalestro siate molto accorto.

«Quegli è di umore tanto feroce, che non tornerete indietro se non siete cortese con quell'uomo forte.

«Se volete che vi faccia passare, offritegli la mercede; egli custodisce questo paese e è devoto e Gelfrat.

«E, se egli non viene subito, chiamatelo al di là dell'acqua, e ditegli che siete Almerico; questi era un buon guerriero, che per odio dei suoi nemici dovette lasciare questo paese. Appena udrà questo nome, il navalestro verrà».

Il superbo Hagen ringraziò le donne del consiglio con un inchino; non disse una parola.

Si avviò lungo la riva finchè scorse la casa al di là del fiume.

Il cavaliere si mise a chiamare a gran voce sull'acqua:

«Tragittami, navalestro, e io ti darò in mercede un braccialetto d'oro rosso; ho assoluto bisogno di attraversare».

Il navalestro era tanto ricco che non si curava di servire le persone, e raramente accettava la mercede; anche i suoi servi erano tutti d'animo superbo. Ancor sempre Hagen stava solo dall'altra parte dell'acqua.

Allora gridò con tanta forza che tutti gli echi del fiume rimbombarono della sua voce possente.

«Vieni a prendermi, sono Almerico; sono il vassallo di Gelfrat, che i nemici costrinsero a uscire dal paese».

Gli presentò in cima alla sua spada alzata in aria il braccialetto, che era bello e di brillante oro rosso, affinchè lo passasse sulla terra di Gelfrat.

Il superbo navalestro afferrò egli stesso il remo.

Questo navalestro era pieno di cupidigia. La brama di ricchezza lo condusse a una cattiva fine.

Egli pensava di guadagnare il rosso oro di Hagen, e ebbe dalla spada del cavaliere una spaventosa morte.

Il navalestro venne con poderosi colpi alla riva. Quando non trovò colui che si era nominato, incominciò a andare in collera. Quando vide Hagen, disse all'eroe con feroce rabbia:

«È possibile che il vostro nome sia Almerico. Ma voi non somigliate punto a colui che credevo di trovare qui, e che è mio fratello di padre e di madre. Ora che mi avete ingannato resterete su cotesta riva».

«No certo, per l'onnipossente Iddio», disse Hagen. «Io sono un guerriero straniero e altri cavalieri sono affidati alle mie cure. Accettate dunque in buona amicizia la ricompensa che vi offro per passarmi all'altra sponda e ve ne sarò riconoscente»

«No, ciò non può essere», ribattè il navalestro. «I miei signori hanno molti nemici, e per questo motivo non conduco nessuno straniero nel paese. Se vi preme la vita, scendete subito da questa barca sulla riva».

«Non fate così, io ne sono molto triste», disse Hagen. «Accettate dalla mia mano questo braccialetto d'oro purissimo, e passate all'altra riva i nostri mille cavalli e mille uomini».

Il feroce navalestro rispose:

«Non lo farò mai».

Dicendo queste parole alzò un remo largo, forte e pesante, e colpì Hagen, che cadde sulle ginocchia in fondo alla barca (dovette presto pentirsene!). Mai Hagen aveva incontrato un navalestro così feroce.

Per aumentare il furore dell'ardito straniero, il navalestro gli diede sulla testa un altro colpo di remo, con tanta forza che il remo si spezzò e volò in frantumi. Era un uomo forte, ma doveva capitar male il navalestro di Else.

Pieno d'ira Hagen afferrò prestamente il fodero della sua spada, ne trasse la buona lama e tagliò di un colpo la testa al navalestro.

Poco dopo i Burgundi seppero quanto era accaduto. Al momento in cui Hagen colpì il navalestro la barca fu trascinata dalla corrente; e ciò gli spiacque assai, e gli costò molta fatica.

Hagen afferrò il remo, e si mise a remare con grande forza, tanto che il remo si spezzò nelle sue mani. Voleva raggiungere i guerrieri che aveva lasciati sulla riva. Ma siccome non aveva più remi, legò insieme i pezzi di quello, con la correggia dello scudo, e discese la corrente.

Trovò il suo signore che lo aspettava sulla riva. Molti cavalieri gli mossero incontro, e lo salutarono. Quando videro fumare nella barca il sangue uscito dalla tremenda ferita fatta al navalestro gli fecero molte domande.

Egli rispose con una menzogna.

Quando re Gunther vide il sangue fumante nella barca, disse subito:

«Dov'è dunque rimasto il barcaiolo, signor Hagen? Voi gli avrete tolto la vita con le vostre proprie mani».

«Trovai questa barca presso un salice selvaggio, senza nessun barcaiolo; io non ho fatto male a nessuno».

Disse allora il re dei Burgundi, Gernot:

«Oggi avrò a temere la morte di qualche caro amico, poichè non scorgo nessun barcaiolo qui sul fiume. Sono molto inquieto sul modo di attraversarlo».

Hagen esclamò a alta voce:

«Deponete qui sul fondo i bagagli. Io ero, se non m'inganno, il miglior navalestro che si potesse trovare sulle rive del Reno. Sì, vi farò passare nel paese di Gelfrat, ne ho la certezza».

Per arrivare più presto all'altra sponda, spinsero i cavalli nel fiume, e questi nuotarono tanto bene che l'acqua non ne inghiottì neppur uno.

Portarono nella nave i loro averi e le loro armi, per non tardare oltre il loro viaggio. Hagen li condusse di là; egli portò alla riva del paese straniero i buoni cavalieri.

Vi menò prima più di mille cavalieri, e novemila scudieri poi. La mano di Hagen era infaticabile. La nave era grandissima, larga e forte. Facilmente conteneva cinquecento uomini alla volta, e cibi e armi. Più di un buon cavaliere si pose al remo quel giorno.

Dopo averli portati sani e salvi sul fiume, il cavaliere si ricordò della strana predizione fattagli dalla selvaggia ondina. Il cappellano del re in quel momento rischiò di perdere la vita.

Egli trovò il prete vicino agli arredi sacri, appoggiato con la mano su di essi; ma ciò non sarebbe bastato a salvarlo, quando Hagen lo vide; lo sventurato prete passò un brutto momento.

Egli lo afferrò e lo lanciò fuori della barca.

Molti gridarono:

«Ferma, Hagen, ferma!».

Il giovinetto Giselher montò in collera, e voleva lanciarglisi addosso.

Allora il re dei Burgundi, Gernot, disse:

«A che vi serve, Hagen, la morte del cappellano? Se un altro che voi avesse fatto ciò, la pagherebbe. Che vi ha fatto il prete, per trattarlo così?».

Il prete nuotava con tutte le sue forze; egli sperava di salvarsi se qualcuno lo avesse aiutato; ma nessuno potè farlo, perchè il forte Hagen, pieno di collera, lo spinse ancora in fondo all'acqua; il che spiacque a tutti.

Il povero cappellano, quando vide che non poteva sperare aiuto, si rivolse alla riva donde erano partiti; ma dovette lottar molto. Non poteva più nuotare, quando la mano di Dio lo aiutò, e lo condusse sano e salvo alla sponda.

Là il povero prete si fermò e scosse le proprie vesti.

Allora Hagen comprese che la selvaggia ondina gli aveva detto la verità ineluttabile. Pensò:

«Questi cavalieri sono votati alla morte».

Quando furono sbarcati e ebbero scaricata la nave da tutto quello che i cavalieri vi avevano messo, Hagen la fece a pezzi e li gettò nel fiume. I nobili e buoni guerrieri ne furono molto stupiti.

Dankwart gli domandò

«Perchè fate questo, fratello? Come faremo noi al ritorno dal paese degli Unni a ripassare il fiume?».

Più tardi gli disse Hagen che non lo ripasserebbero più. Disse l'eroe di Tronje allora:

«Lo feci con intenzione. Se abbiamo condotto qui qualche vigliacco, che avesse intenzione di lasciarci e ritornarsene, io gli impedisco così di fuggire».

Quando il cappellano del re vide che era stata spezzata la barca, gridò a Hagen, dalla riva:

«Assassino e traditore, che cosa vi avevo fatto io, povero prete innocente, per avere il coraggio di volermi annegare?».

Hagen gli rispose:

«Lasciamo questo discorso. Vi dico sul serio che mi dispiace che oggi siate sfuggito alle mie mani».

Il povero prete disse:

«E io ne loderò sempre Iddio. Andate pure dagli Unni, io tornerò sul Reno. Che Dio non vi lasci mai più ritornare al Reno, ve lo auguro di cuore, perchè volevate togliermi la vita».

Allora il re Gunther disse al suo cappellano:

«Io vi ripagherò di quanto Hagen vi ha fatto, nella sua collera, se ritornerò al Reno sano e salvo; non ne dubitate.

«Ritornate dunque al paese nostro, poichè è destino che sia così. Portate i miei saluti alla mia cara moglie e a tutti gli altri amici. Dite loro che siamo felicemente passati».

I cavalli erano sellati, le some caricate; finora nulla di male era accaduto a nessuno, fuorchè al cappellano del re. Questo si avviò a piedi di nuovo verso il Reno.

VENTISEIESIMA AVVENTURA

Come Dankwart uccise Gelfrat.

Quando furono tutti sulla spiaggia, domandò Gunther:

«Chi ci guiderà ora per la via giusta?».

Volker disse:

«Lo farò io!».

«Fermatevi», disse Hagen, «cavalieri o servi. Devo darvi una infausta nuova. Non ritorneremo mai più nel paese dei Burgundi. Due ondine me lo dissero stamattina. Non ritorneremo più. Perciò vi consiglio: armatevi, o eroi, noi troveremo forti nemici.

«Le ondine mi dissero che nessuno di noi rivedrebbe la patria, tranne il cappellano. Perciò tentai di dargli la morte».

Queste parole passarono da schiera a schiera, e molti arditi guerrieri impallidirono.

Disse Hagen:

«Io uccisi il navalestro stamattina. Ora la notizia si saprà. Ci conviene essere i primi a attaccare».

Gelfrat aveva avuto notizia della morte del navalestro, e anche il forte Else. Essi radunarono una schiera di più di settecento uomini, e inseguirono i Burgundi. Hagen di Tronje e Dankwart formavano la retroguardia. Presto si udirono risonare gli zoccoli dei loro cavalli.

E Hagen domandò:

«Chi è colui che ci insegue?».

E Gelfrat disse:

«Cerco colui che oggi uccise il mio navalestro».

Hagen di Tronje disse: «Sono io il colpevole. Non voleva traghettarci, per quanto gli offrissi oro e vesti, e mi minacciò col remo. Dovetti colpirlo».

«Lo sapevo», disse Gelfrat, «che l'insolenza di Hagen ci avrebbe portato sventura. Ora la pagherà con la vita».

Allora Gelfrat cominciò a combattere con Hagen, e Dankwart con Else. Anche quelli del seguito combatterono fra di loro. Un forte colpo di Gelfrat abbattè Hagen, che cadde giù di sella, ma presto si rialzò e chiamò in aiuto il fratello; Dankwart accorse e menò tale colpo contro Gelfrat che lo stese morto al suolo. Else voleva vendicarlo, ma egli stesso fu ferito e dovette prendere la fuga con tutta la sua schiera.

Disse Dankwart:

«Riprendiamo il nostro cammino e lasciamoli scappare. Siamo bagnati di sangue».

Disse Hagen:

«Eroi, vediamo chi dei nostri manca, chi abbiamo perduto nella zuffa». Ne mancavano quattro, ma i bavaresi avevano lasciato più di cento morti.

La chiara luce della luna spuntò fra le nubi.

Disse Hagen:

«Non riferite ai miei signori quello che è successo qui. Fino a domani non abbiano alcuna preoccupazione».

Gli uomini si lagnavano della stanchezza. Ma Dankwart disse:

«Non ci sono alberghi qui. Dobbiamo cavalcare tutti fino al mattino. Allora ci butteremo sull'erba».

Rimasero così tutti bagnati di sangue, finchè il sole non splendette raggiante sui monti; allora il re vide che avevano combattuto, e disse adirato:

«Ebbene, amico Hagen, chi vi ha fatto questo?

E Hagen gli riferì i particolari della lotta notturna.

Giunsero quindi a Passau, dove lo zio dei re, il vescovo Pilgrin, li accolse affettuosamente. Là rimasero un giorno e una notte. Poi ripartirono e arrivarono nel paese di Rüdiger. Sul confine trovarono un uomo addormentato, al quale Hagen tolse la spada. Questo buon cavaliere si chiamava Eckewart, e aveva da guardare il confine del paese di Rüdiger.

«Ahimè!», disse egli, «quale onta per me! O Rüdiger, ho agito male verso di te!».

Allora Hagen gli ridiede la sua spada. Eckewart lo ringraziò e disse:

«Mi rammarica il vostro viaggio fra gli Unni. Voi uccideste Siegfried; di ciò vi si porta ancora odio; fate attenzione a voi, ve lo consiglio lealmente».

«Dio ci guardi», rispose Hagen, «ma intanto abbiamo bisogno di un luogo per riposare; i cavalli sono rovinati per il lungo cammino; siamo privi di viveri, ci occorrerebbe un oste generoso».

Eckewart disse:

«Io vi condurrò da un tale oste; nessuno potrebbe accogliervi meglio di lui, se volete accettare l'ospitalità di Rüdiger. Egli abita su questa strada; il suo cuore è illuminato dalla bontà, come il dolce raggio della luna di maggio illumina l'erba e i fiori».

Disse re Gunther:

«Volete essere il mio messaggero e domandargli se vuole ospitarci fino a giorno?».

Eckewart corse a fare l'imbasciata. Trovò sulla porta Rüdiger che già l'aveva veduto.

Disse Eckewart:

«Tre re mi mandano a voi: Gunther, Gernot e Giselher, vi offrono i loro servigi, e lo stesso fanno Hagen e Volker; occorre loro un albergo per questa notte».

Rüdiger rispose con bocca ridente;

«È una buona notizia questa che i re desiderino i miei servigi. Io sono pronto e lieto che essi mi entrino in casa».

E tosto Rüdiger diede ordine ai suoi servi e vassalli di muovere incontro agli ospiti.

VENTISETTESIMA AVVENTURA

Come giunsero a Bechlar.

Il margravio andò dalle sue donne, e diede loro la notizia che stavano per giungere i fratelli della loro regina, e raccomandò di riceverli degnamente e di baciare i re nonchè Hagen, Dankwart e Volker.

Le donne trassero fuori dalle casse magnifiche vesti per andar incontro ai cavalieri. Esse portavano sul capo un nastro d'oro e ricche ghirlande, perchè il vento non scompigliasse i loro bei capelli.

Intanto Rüdiger e la sua gente incontrarono gli ospiti, e vi furono festose accoglienze dalle due parti. Uomini e cavalli trovarono preparate tende e capanne; i signori furono ricevuti nel castello, dove li attendevano la margravia con sua figlia, insieme a trentasei donzelle e molte donne.

La margravia baciò tutti tre i re, lo stesso fece sua figlia. Hagen era lì presso. Il padre le disse di baciare anche lui; ella lo guardò, e le parve così tremendo che ne avrebbe fatto a meno. Ma dovette ubbidire, e il suo viso si fece pallido e rosso. Poi baciò anche Dankwart e Volker.

La giovanetta prese per mano Giselher, il giovane principe burgundo, e sua madre fece lo stesso con Gunther; Rüdiger accompagnò Gernot. Entrarono in un'ampia sala, dove sedettero tutti, donne e cavalieri, e fu offerto un ottimo vino agli ospiti. Più d'uno guardava con teneri occhi la bella figliuola di Rüdiger. Quindi i cavalieri e le dame passarono in altre stanze, mentre nella sala venivano disposte le mense.

La nobile margravia si sedette a tavola per amore degli ospiti, la figliuola rimase con le donzelle, secondo il costume.

Ma agli ospiti spiacque di non vederla più.

Quando ebbero mangiato e bevuto, la bella fu ricondotta nella sala. Non mancarono piacevoli discorsi.

Disse Volker, il suonatore:

«Signor margravio, Dio vi ha riempito di ogni sua grazia. Vi ha dato una bella moglie, una piacevole vita. Se io fossi un re e portassi corona, prenderei in moglie la vostra bella figliuola».

Rispose Rüdiger:

«Come potrebbe un re desiderare mia figlia? Siamo qui stranieri, io e mia moglie, e non possediamo nulla». Hagen allora disse:

«Il mio signore Giselher deve prendere moglie. Vostra figlia è di così alto lignaggio che io e tutti i vassalli la serviremmo volentieri, se volesse portar corona nel paese dei Burgundi».

Questo discorso piacque al margravio e a sua moglie. E così furono scambiate le promesse tra Giselher e la giovinetta.

E il margravio Rüdiger disse:

«Nobili re, quando farete ritorno al vostro paese vi consegnerò la fanciulla». Così rimasero d'accordo.

Quattro giorni stettero gli ospiti con Rüdiger. Infine dovettero partire. Il margravio fece loro molti doni; a Giselher aveva dato la figlia, a Gernot diede una buona spada, a Gunther una corazza.

Gotelinde chiese a Hagen quale dono egli desiderasse.

Hagen rispose:

«Non desidero altro che lo scudo che vedo pendere da quella parete; vorrei portarlo con me al paese degli Unni».

Gli fu dato lo scudo, e pure a Dankwart furono offerti regali. E pensare che più tardi sarebbero tutti nemici di Rüdiger e lo avrebbero ucciso!

Volker, il menestrello, prese congedo dalla margravia suonando il suo violino e cantandole una sua canzone, e ella gli donò dodici fibbie d'oro. Poi Rüdiger, con cinquecento dei suoi uomini, volle accompagnare i suoi ospiti fino alla corte di Attila. Nessuno di loro fece più ritorno a Bechlar.

Presero tenero congedo dalle donne, e tutte le finestre si aprirono quando il margravio partì con i suoi. Quanto piangeranno gli amici che non vedranno mai più Bechlar! Quante donne e fanciulle!

Quando furono nella valle del Danubio, Rüdiger spedì un messo a re Attila per avvertirlo dell'arrivo dei re. Attila ne fu molto contento e disse a Crimilde:

«Ricevili bene, moglie mia, ora che vengono i tuoi cari fratelli».

Ma ella segretamente pensava:

«Questa festa di corte mi darà il mezzo di vendicarmi di colui, che mi ha rubato tutta la mia gioia».

VENTOTTESIMA AVVENTURA

Come Crimilde accolse Hagen.

Quando i Burgundi giunsero al paese, lo seppe il vecchio Ildebrando di Verona, e lo disse al suo signore. Teoderico ne fu spiacente. Egli gli disse di ricevere bene quei cavalieri valenti e il loro seguito.

Allora il forte Wolfhart fece condurre i cavalli, e parecchi arditi guerrieri s'avviarono con Teoderico nella pianura, per salutare gli ospiti, i quali avevano là innalzato magnifiche tende. Quando Hagen di Tronje li vide venire da lontano, disse cortesemente ai suoi signori:

«Alzatevi, nobili cavalieri, dai vostri seggi, e andate incontro a quelli che vogliono ricevervi. Ecco venire una schiera di guerrieri che mi è ben nota. Sono gli agili cavalieri degli Amelunghi. L'eroe di Verona li conduce, essi sono di animo orgoglioso, non sdegnate l'omaggio che vengono a offrirvi».

Allora saltarono giù dai loro cavalli, insieme a Teoderico, parecchi signori e scudieri, secondo le regole della cortesia. Essi andarono verso gli ospiti, dove questi si erano fermati, e salutarono cortesemente i Burgundi. Quando il nobile Teoderico li vide avvicinarsi, ne provò insieme gioia e dolore.

Egli sapeva bene come stavano le cose, e questo viaggio lo rattristava; egli pensava che anche Rüdiger sapesse e li avesse avvertiti.

«Siate i benvenuti; signori Gunther, Gernot e Giselher e Hagen, e anche voi Volker e anche Dankwart, il veloce. Non sapete che Crimilde piange ancora l'eroe del paese dei Nibelunghi?».

«Pianga quanto vuole», rispose Hagen, «sono tanti anni che è stato ucciso. Ami ora il re degli Unni, tanto Siegfried non ritorna più, è sepolto da un pezzo».

«Lasciamo andare l'uccisione di Siegfried. Fintanto che Crimilde vive, bisogna temere qualche sventura».

Così parlò il nobile Teoderico di Verona:

«State dunque in guardia, o sostegno dei Nibelunghi».

«Come dovrei stare in guardia?», rispose il re. «Attila ci ha mandato dei messaggeri, perché venissimo qui nel suo paese. Che posso domandare di più? E anche Crimilde mi ha spedito più di una imbasciata».

«Vi darò un consiglio», disse Hagen, «pregate il signore Teoderico e i suoi buoni cavalieri di spiegarvi meglio quali sono le intenzioni di Crimilde».

Allora i tre principi possenti, Gunther, Gernot e Teoderico, si misero a parlare fra di loro.

«Ora diteci, buono e nobile cavaliere di Verona, quello che sapete delle disposizioni di Crimilde».

Disse il sire di Verona:

«Che posso dirvi di più? Tutte le mattine sento la moglie di Attila lamentarsi e piangere e lagnarsi con Dio della morte del forte Siegfried».

Volker, l'ardito, disse:

«Oramai non possiamo più evitare quello che ci minaccia. Andiamo alla corte e vediamo che cosa può accadere, a noi pronti guerrieri da parte degli Unni».

Gli arditi Burgundi si avviarono a cavallo verso la corte. Essi si avanzarono orgogliosamente, secondo l'uso del loro paese.

I guerrieri degli Unni erano curiosi di osservare Hagen di Tronje.

Si sapeva da tutti nel paese che egli aveva ucciso Siegfried del Niederland, il forte cavaliere, il marito di Crimilde, perciò tutti, a corte, domandavano sul conto di Hagen. Certo l'eroe era grande, non c'è che dire, largo di spalle e di petto; i suoi capelli erano brizzolati; aveva le gambe lunghe, era spaventevole di aspetto; il portamento era signorile.

Si prepararono gli alloggiamenti per i guerrieri burgundi. Il seguito di Gunther fu separato da lui. Era stato questo un consiglio della regina, che gli portava un odio mortale. Perciò più tardi gli scudieri del re furono uccisi nei loro alloggiamenti.

Dankwart, il fratello di Hagen, era il loro maresciallo. Il re gli raccomandò premurosamente il suo seguito, che avesse cibi a profusione. L'ardito guerriero lo fece bene e volentieri.

Venne col proprio seguito la bella Crimilde e accolse i Nibelunghi con falso cuore. Baciò Giselher e lo prese per mano.

Quando Hagen di Tronje vide questo, si aggiustò più saldamente l'elmo.

«Dopo tale accoglienza», disse Hagen, «gli arditi cavalieri aprano gli occhi. Si salutano in altro modo i principi e i vassalli. Non abbiamo fatto un buon viaggio a venire a quest'invito».

Ella disse:

«Siate benvenuti a chi vi vede volentieri. La vostra amicizia non merita alcun saluto. Che mi portate dalle rive del Reno, perchè io vi abbia a salutare così particolarmente?».

«Che significa ciò!», replicò Hagen, «forse che questi guerrieri dovevano portarvi dei regali? Non sono ricco abbastanza per portare doni nel paese degli Unni».

«Allora vi domanderò una notizia; ditemi dove avete messo il tesoro dei Nibelunghi? Esso era mio, lo sapete benissimo; avreste dovuto portarmelo nel paese di re Attila».

«In verità, regina Crimilde, sono molti anni che mi sono sbarazzato del tesoro dei Nibelunghi. I miei signori mi hanno comandato di gettarlo nel Reno, e là rimarrà fino al giudizio universale».

La regina rispose:

«Già lo avevo pensato. Non mi avete portato nulla di ciò che era mio. Per quel tesoro e per il suo signore ho passato ben tristi giornate!».

«Vi porterò il diavolo!», disse Hagen, «ho già abbastanza da portare il mio scudo, la mia corazza, il mio elmo brillante, e la spada al mio fianco. Altro non vi porto niente».

«Non era nemmeno mia intenzione di bramare dell'oro; ne ho molto per conto mio, e posso farne a meno del vostro. Ma io, povera donna, vorrei avere soddisfazione di un assassinio e di un doppio furto commessi a mio danno».

Poi la regina disse ai guerrieri:

«Non si devono portare armi qui nella sala. Consegnatele a me, signori, io le terrò in custodia».

«In fede mia, non lo farò mai», disse Hagen. «No, dolce figlia di re; non desidero punto che voi custodiate il mio scudo e le altre armi. Voi siete qui regina. Mio padre m'insegnò, a custodirle da me».

«Ahimè!», disse Crimilde, «perchè mio fratello e Hagen non vogliono dare a custodire i loro scudi? Certo essi sono avvertiti; se sapessi chi è stato, lo manderei a morte».

Tosto Teoderico le rispose con collera:

«Sono io che ho avvertito questi nobili principi e l'ardito Hagen, il cavaliere burgundo. Ma, donna infernale, non mi punirete per questo».

La nobile regina si vergognò moltissimo. Essa temeva assai l'eroico Teoderico. Perciò se ne andò via senza dire una parola, lanciando solo un rapido sguardo ai suoi nemici.

Due dei cavalieri allora si presero per mano. L'uno era Teoderico, l'altro Hagen.

L'ardito re parlò cortesemente:

«Il vostro viaggio fra gli Unni mi duole moltissimo, ora che la regina vi ha parlato in quel modo».

Hagen rispose:

«Penseremo a tutto, non dubitate».

Così parlarono insieme i due cortesi guerrieri. Vedendo ciò il re Attila cominciò a domandare:

«Vorrei ben sapere chi è il cavaliere che re Teoderico ha ricevuto tanto amichevolmente. Egli ha un aspetto assai orgoglioso. Chiunque sia suo padre certo egli mi ha l'aria di un buon guerriero».

Un servo di Crimilde gli rispose:

«Egli è di Tronje, suo padre si chiama Aldriano. Per quanto qui si mostri cortese, è un uomo feroce: vedrete fra poco che non dico menzogna».

«Come dovrei conoscere che è feroce?», domandò il re. Egli non sapeva delle crudeli astuzie che la regina meditava contro i proprî parenti, tanto che non uno le sfuggì dal paese degli Unni.

«Conobbi bene Aldriano; era mio suddito, e si acquistò qui da me molta fama e onori. Lo feci cavaliere e gli diedi il mio denaro. La mia fida Helke gli voleva bene. Ecco perchè conosco quanto riguarda Hagen. Io portai già in questo paese come ostaggi due nobili fanciulli che crebbero qui: lui e Walter di Spagna. Hagen lo rimandai a casa sua. Walter fuggì con Ildegondo».

Così egli riandava vecchi tempi e cose accadute molto prima.

Rivedeva dunque qui il suo amico di Tronje, che nella sua gioventù gli aveva reso molti servigi, e ora, nell'età matura doveva uccidergli tanti cari amici.

VENTINOVESIMA AVVENTURA

Come Hagen e Volker rimasero seduti nella sala
dinanzi a Crimilde.

I due cavalieri si separarono, e il vassallo di Gunther, Hagen, lanciava dietro a sè occhiate furtive, per scorgere qualche compagno. Vide Volker, il musico, presso Giselher e gli fece cenno di andare con lui, perchè ben conosceva il suo feroce coraggio, e che era un cavaliere pieno di virtù, ardito e buono.

Essi lasciarono i loro signori alla corte, e si sedettero davanti alla casa, dirimpetto a una sala dove era Crimilde, sopra una panca.

Le loro magnifiche armature spandevano grande splendore intorno alle loro persone. Molti di quelli che li guardavano erano curiosi di sapere chi fossero.

Alcuni fra gli Unni li guardavano come si guardano le bestie feroci.

La regina dalla finestra li vide, e se ne afflisse nuovamente.

Si ricordò della sua pena e cominciò a piangere. Ciò meravigliò i guerrieri di Attila, e domandarono che cosa addolorasse l'animo suo.

Ella disse:

«La colpa è di Hagen, valorosi guerrieri».

Essi risposero alla regina:

«Come può Hagen essere la cagione del vostro dolore? Eravate pur lieta poco fa! Per quanto egli possa essere valoroso, colui che vi ha offeso, comandateci la vendetta, e gli costerà la vita».

«Sarei riconoscente sempre a chi vendicasse il mio dolore. Sarei pronta a dargli quello che volesse. Io mi getto ai vostri piedi», disse la moglie del re, «vendicatemi di Hagen, dategli la morte».

Sessanta uomini arditi cinsero tosto la spada. Per amore di Crimilde volevano andare a trovar Hagen e uccidere il fortissimo guerriero insieme a Volker, il suonatore di violino.

Perciò si consultarono in proposito.

La regina, quando vide che la schiera era piccola, disse con rabbia agli eroi:

«Vi sconsiglio di tentare l'impresa. Non potrete combattere Hagen in così piccolo numero.

«E per quanto valoroso e forte sia quello di Tronje, colui che gli siede vicino è più forte ancora, è Volker, il menestrello. È un uomo formidabile. No, non dovete assalire così in pochi quegli eroi».

Quando udirono quel discorso se ne armarono circa quattrocento. La superba regina si rallegrava pensando al male che stava per fare ai suoi nemici. Una grande pena si preparava ai guerrieri.

Quando ella li vide ben armati, la regina disse ai suoi solleciti guerrieri:

«Aspettate ancora un momento. Fermatevi.

«Voglio andare verso i miei amici con la corona in testa, e rimproverare a Hagen, l'uomo di Gunther, il male che mi ha fatto. So che è tanto superbo che non lo negherà. Non voglio poi domandare quello che gli succederà dopo».

Il suonatore di violino, quell'uomo tanto coraggioso, vide la nobile regina scendere la scala che, conduceva fuori del palazzo, e disse al suo compagno:

«Vedete, amico Hagen, come si avanza colei che ci ha invitati slealmente in questo paese. Non ho mai veduto una regina avvicinarsi ai suoi ospiti con tanti uomini armati, pronti alla battaglia.

«Sapete, amico Hagen, che hanno odio contro di voi?

«Se è così, vi consiglio di vegliare bene sul vostro onore e sulla vostra vita. Davvero, così credo, perchè mi pare abbiano intenzioni ostili.

«Ve ne sono parecchi robustissimi, di largo petto. Chi vuole salvare la propria vita ci pensi per tempo. Io credo che sotto le vesti di seta portino la corazza. Chi può dire che cosa vogliano fare?».

Hagen disse con collera:

«So bene che vogliono assalirmi, perciò portano le nude spade in mano. Ma, nonostante, tornerò nella terra dei Burgundi.

«Ditemi ora, amico Volker, starete con me se quelli di Crimilde mi assaliscono? In nome della vostra amicizia, rispondetemi. Quanto a me, vi sarò sempre fedelmente devoto».

«Certo che vi aiuterò», disse Volker, «e se anche vedessi re Attila con tutto il suo esercito marciare contro di noi, finchè vivrei non mi allontanerò dal vostro fianco».

«Dio del cielo ve ne rimuneri, nobilissimo Volker! E che mi occorre dunque altro? Poichè volete aiutarmi, questi guerrieri non hanno che da stare bene in guardia».

«Alziamoci», disse Volker, «dinanzi alla regina, se ci passa dinanzi, rendiamole onore, perchè è una nobile regina!».

«No, se mi volete bene», replicò Hagen, «questi guerrieri potrebbero avere l'illusione che lo facessi per paura e che intendessi di andarmene. Non mi alzerò per nessuno di loro. Ci conviene di rimanere seduti. E perchè dovrei io rendere onore a coloro che mi sono nemici? No, non lo farò finchè avrò vita. E del resto poco m'importa dell'odio di Crimilde».

Il temerario Hagen si pose sulle ginocchia la spada nuda, sul cui pomo splendeva un brillante diaspro più verde dell'erba.

Crimilde riconobbe subito la spada di Siegfried.

Riconoscendo la spada, tutto il suo dolore la riprese. L'impugnatura era d'oro, il fodero era rosso. Ella si ricordò della sua sventura e cominciò a piangere.

Io credo che l'audace Hagen l'abbia fatto apposta.

Volker si tirò più vicino sulla panca un archetto potente, lungo e forte, del tutto simile a una spada larga e acuminata.

I due arditi guerrieri stavano in atto superbo, senza mostrare ombra di paura.

La regina venne dinanzi a loro, e li salutò con terribile ira, dicendo:

«Ora ditemi, signor Hagen, chi vi ha inviato perchè abbiate osato di venire in questo paese, dove regno io, e sapendo il male che mi avete fatto? Se foste stato nel vostro buon senso, non sareste venuto».

«Nessuno mi ha mandato a chiamare», rispose Hagen, «tre cavalieri furono invitati a venir qui, e questi sono i miei signori; io sono al loro servizio. Non sono mai rimasto a casa, quando essi si recavano a qualche corte».

Essa riprese:

«Ditemi ora un'altra cosa. Che faceste voi per meritare il mio odio? Avete assassinato Siegfried, il mio caro marito, che fino alla morte non piangerò mai abbastanza».

Egli disse:

«Basta con queste parole inutili! Sì sono io quel Hagen che ha ucciso Siegfried, l'eroe dal braccio potente. Ah, come ha pagato care le ingiuriose parole che dama Crimilde ha detto alla bella Brunilde!

«Sì, senza mentire, potente regina, sono io la cagione di tutti i vostri mali. Adesso ne prenda vendetta chi vuole, uomo o donna. Non voglio negarlo, vi ho fatto molto male».

Essa esclamò:

«Udite, guerrieri, come egli si dichiara colpevole di tutte le mie sventure? Ora, qualunque cosa possa accadergli, io non me ne curo, o sudditi di Attila!».

Ma i coraggiosi guerrieri cominciarono a guardarsi e a parlare tra di loro.

E non osarono assalire i due eroi, e dicevano fra di loro:

«La vita mi è troppo cara; la moglie di Attila ci vuol rovinare».

E un altro:

«Nemmeno mi dessero mucchi di oro non affronterei quel suonatore. I suoi sguardi fanno paura. E quel Hagen lo conosco dal tempo della sua gioventù. L'ho veduto in ventidue assalti; ha fatto piangere molte donne. È un uomo feroce, e poi porta la spada Balmung, da lui malamente guadagnata».

Così nessuno cercava battaglia, e la regina ne provava amaro dolore. Volker disse a Hagen:

«Poichè vediamo noi stessi che qui siamo circondati da nemici, come ci era stato predetto, andiamo dai nostri re, perchè nessuno faccia loro offesa».

«Vi accompagno», rispose Hagen, e andarono insieme. Volker, l'ardito, cominciò a parlare forte e disse ai suoi signori:

«Perchè rimanete qua? Recatevi a corte e domandate al re le sue intenzioni».

Allora Teoderico di Verona prese per mano Gunther della Burgundia; Infried prese Gernot, e Giselher andò col suo suocero. Hagen e Volker rimasero insieme, e tali resteranno anche nel combattimento fino alla morte.

Si recarono a corte; i re erano seguiti da mille ardite spade, e più di sessanta cavalieri, che Hagen aveva condotto con sè.

Quando il re del Reno entrò nel palazzo, Attila non indugiò un istante; balzò dal suo seggio, quando lo vide venire e lo salutò del suo più bel saluto.

«Benvenuto a me, signore Gunther, e anche il signore Gernot, e vostro fratello Giselher, che io invitai da Worms sul Reno, e tutti i vostri guerrieri mi sono benvenuti. Anche a voi do il benvenuto, a voi cavalieri, Volker e Hagen, anche da parte della mia donna, che vi ha mandato tante imbasciate sul Reno».

Poi il re prese per mano i cari ospiti e li menò a sedere. Furono serviti loro, in ampie coppe d'oro, cibi e bevande, e il re tornò a chiamarli benvenuti e disse che anche la pena della regina era finita con la loro visita.

Erano giunti alla corte del ricco Attila la sera del solstizio, e mai un re non trattò più generosamente i propri ospiti. Da mangiare e bere ebbero in abbondanza e tutto ciò che potevano desiderare. Il potente Attila aveva fatto costruire un vasto edifizio, che gli era costato molto. C'erano palazzi e torri e innumerevoli stanze, e una magnifica sala.

Questa era lunga, alta e ampia, perchè molti erano i cavalieri che lo andavano a visitare. Anche dodici ricchi re erano al suo seguito, e molti buoni guerrieri. Così viveva egli in giubilo tra amici e servi.

TRENTESIMA AVVENTURA

Come Hagen e Wolker montarono di sentinella.

Il giorno era trascorso e si avvicinava la notte. Gli stanchi guerrieri pensavano dove avrebbero potuto riposare, e Gunther chiese al re licenza di ritirarsi, e tutti gli ospiti si affollarono ai loro alloggiamenti.

Volker, l'ardito, disse agli Unni:

«Perchè ci camminate sui piedi? Se do a qualcuno un colpo di violino, la sua bella non avrà che da piangerlo. Levatevi dinanzi a noi che siamo cavalieri».

E Hagen si guardò intorno minaccioso e disse:

«Il suonatore vi dà un buon consiglio. Ritiratevi nei vostri alberghi, voi, uomini di Crimilde. Se avete delle intenzioni, rimandatele a domattina, e lasciateci riposare in pace, chè siamo stanchi».

I signori furono menati in un'ampia sala, disposta per la notte, con magnifici letti. Ma Crimilde pensava a far loro del male.

Si vedevano belle coperte di Arras, e coltri di seta araba, ornate di borchie d'oro. Altri letti erano coperti di ermellino e di zibellino, come nessun re poteva desiderare di meglio.

«Ahimè!», disse Giselher il fanciullo, «ahi! per gli amici che sono venuti con noi! Per quanto mia sorella ci abbia invitati benevolmente, io temo che per il suo odio avremo tutti la morte!».

Hagen disse:

«Non abbiate timore, stanotte io stesso starò di sentinella e vi custodirò sino al mattino; siate senza timore».

Gli si inchinarono tutti e gli resero grazie. Andarono ai loro letti e poco dopo gli eroi riposavano. Hagen allora incominciò a armarsi. Il suonatore Volker disse:

«Non disdegnate, Hagen, che anch'io faccia la guardia con voi sino a giorno».

Hagen ringraziò e disse:

«Dio del cielo ve ne rimeriti, carissimo Volker. In ogni bisogno non desidero nessuno meglio di voi. Se non verrà la morte ve ne ricompenserò».

Ciascuno di essi afferrò lo scudo, uscirono dalla casa e fecero guardia dinanzi alla porta. Volker appese il suo scudo alla parete della sala, e tornò indietro a prendere il suo violino, poi sedette sulla soglia della porta e cominciò a suonare. Le corde risuonavano per tutta la casa; sempre più dolcemente egli suonava, e cullò così nel sonno quegli che erano preoccupati.

Allora Volker riprese il suo scudo, e ritornò a far la guardia dinanzi alla porta.

Crimilde aveva detto ai suoi guerrieri:

«Se li trovate, ricordatevi per amore di Dio, di non uccidere nessuno fuorchè lo sleale Hagen; gli altri non siano toccati».

Il suonatore disse:

«Vedete, amico Hagen, è bene che siamo attenti; vedo gente armata davanti alla casa».

«Tacete», disse Hagen, «lasciateli avvicinare. Prima che si accorgano di noi, con le nostre spade spezzeremo i loro elmi e li rimanderemo malconci a Crimilde».

Uno degli Unni si accorse presto che la casa era guardata e disse:

«Non possiamo fare quel che avevamo pensato. Vedo il suonatore far la guardia alla porta. Porta sul capo un elmo lucente, e anche la sua corazza splende come fuoco. E accanto a lui sta Hagen. Gli ospiti sono sotto buona guardia».

Allora si volsero per andare. E Volker, in grande collera, disse al suo compagno d'armi:

«Lasciatemi andare da loro, voglio chiedere le novelle ai vassalli di Crimilde».

«No, se mi volete bene», disse Hagen, «se vi allontanate, quei guerrieri vi assalirebbero in tanti, che io dovrei accorrere in vostro aiuto. E allora due o quattro di loro potrebbero saltare nella casa e sorprendere nel sonno i nostri amici».

«Ebbene», replicò Volker, «almeno facciamo in modo che quelli intendano che li abbiamo veduti; così i vassalli di Crimilde non potranno negare che stavano per agire slealmente verso gli ospiti».

Così il suonatore gridò verso gli Unni:

«Come mai andate così armati, o svelti guerrieri? Volete andare in giro a assassinare, o vassalli di Crimilde? Fatevi aiutare da me e dal mio compagno d'armi!».

Nessuno gli diede risposta; egli era pieno di collera:

«Via, vili malfattori», disse il buon guerriero, «venivate strisciando per ammazzarci nel sonno? Questo non l'hanno mai fatto gli eroi».

Presto fu portata alla regina la notizia del ritiro dei suoi inviati. Come le fu penosa! Allora decise altrimenti, nel suo animo feroce.

E così molti buoni e valorosi eroi dovevano morire.

TRENTUNESIMA AVVENTURA

Come i Signori andarono alla chiesa.

Disse Volker:

«La mia corazza è fredda; credo che la notte durerà più poco. Lo sento dall'aria, il giorno non è lontano».

Gli addormentati si andavano svegliando.

Nella sala splendeva chiaro il giorno. Hagen domandò ai cavalieri se volevano andare alla messa nel duomo. Si udiva il suono delle campane. I vassalli di Gunther sorsero dai loro letti. Indossarono le loro vesti migliori, ma Hagen ne ebbe dispetto e disse:

«Fareste meglio a portare vesti dimesse qui, e invece di rosari prendete in mano le armi, invece dei cappelli gemmati mettetevi lucidi elmi, poichè conosciamo l'animo feroce di Crimilde. Oggi avremo a combattere, ve lo dico io. Invece di camicie di seta indossate corazze, e, invece di ricchi mantelli, larghi e buoni scudi, per essere pronti a tutto.

«Signori, amici e uomini miei, entrate in chiesa con cuore puro, e esponete a Dio la vostra pena, perchè, sappiatelo certamente, la morte è vicina a tutti noi. State devotamente dinanzi al vostro Dio; siate avvisati, buoni cavalieri; se Dio in cielo non volge il destino, non udirete più altre messe».

Andarono al duomo i principi e i vassalli. Hagen li fece fermare nel cimitero, perchè non fossero separati, e disse:

«Tenete gli scudi ai piedi, e, se qualcuno vi mostra inimicizia, feritelo a morte. È questo il consiglio di Hagen».

Volker e Hagen si posero davanti al duomo, per costringere la regina a passare tra di loro. Ed ecco avanzarsi il re con la sua bella moglie riccamente abbigliata, seguita dai suoi guerrieri.

Quando il re vide i suoi ospiti così armati disse:

«Perchè vedo i miei amici con gli elmi? Se qualcuno avesse fatto loro offesa, glielo farei scontare».

Hagen rispose:

«Nessuno ci ha offeso, ma è costume dei miei signori di rimanere armati per tre giorni quando sono ospitati».

La regina udì bene queste parole. Che sguardo ostile diede al cavaliere! Se Attila avesse saputo l'odio di Crimilde, egli avrebbe impedito che accadesse ciò che accadde. La regina si avviò verso la chiesa, ma Volker e Hagen non si scostarono punto, ed ella dovette spingersi in mezzo a loro. Ciò spiacque agli Unni, ma per rispetto al re non dissero nulla.

Dopo la messa, ritornati al palazzo, il re e la regina sedettero al balcone per vedere sfilare i cavalieri unni. E anche i Burgundi sfilarono a cavallo, e incontro a loro andarono seicento guerrieri di Teoderico, e anche i Turingi e i Danesi, e pure Blodel, il fratello di Attila, con tremila uomini. E cominciarono a giostrare gli uni contro gli altri. Ma i Burgundi si mostravano superbi verso gli Unni.

Un cavaliere unno cavalcava così maestosamente che Volker disse:

«Non posso farne a meno, devo menargli un colpo».

Ma Gunther replicò:

«No, non tocca a noi incominciare; lasciate fare agli Unni, non andrà molto tempo».

Ma Volker si accostò al cavaliere unno e lo passò parte a parte con la sua lancia. Allora la mischia divenne generale. Gli Unni volevano uccidere il suonatore; ma ecco Attila accorrere per sedare la contesa. Egli strappò l'arma di mano a un cugino dell'ucciso e disse:

«Il suonatore è scivolato e la lancia è così penetrata nel petto del cavaliere; io l'ho veduto».

Egli stesso accompagnò i suoi ospiti nella sala. Le mense furono preparate e si recò l'acqua. Ma Attila vedeva con collera che tutti si sedevano armati. E disse:

«È una mala, creanza questa, ma nessuno faccia la minima offesa agli ospiti, lo dico a voi, Unni, o lo pagherete con la testa».

Crimilde disse a Teoderico:

«Oggi ho bisogno del tuo consiglio e aiuto».

Ma Ildebrando le rispose:

«Per tutti i tesori del mondo, non combatterò mai contro i Nibelunghi».

Ella disse:

«Si tratta soltanto di Hagen; egli ha ucciso il mio caro marito; chi lo separasse dagli altri avrebbe tutto il mio oro». Allora parlò Teoderico decisamente:

«Lasciate questo discorso, regina; io non voglio combattere con quei prodi guerrieri. La vostra preghiera non vi fa onore, nobile regina; i vostri parenti sono venuti qui fidando nella grazia vostra. Siegfried non sarà vendicato per mano di Teoderico».

Quando ella vide che Teoderico non avrebbe commesso slealtà, si volse al cognato Blödel e gli disse:

«Aiutami, fratello Blödel, qui in casa sono i miei nemici, quelli che uccisero Siegfried, il mio caro marito. Chi mi aiutasse a vendicarlo, gli sarei sempre devota».

Blödel rispose:

«Signora, non posso far del male ai vostri amici, perchè mio fratello Attila li vede volentieri e non me lo perdonerebbe».

«No, Blödel, io ti proteggerei, e ti darò in premio il mio argento e il mio oro, e in moglie una bella vedova, che potrai sempre amare. E anche il paese che appartenne già al marito di lei, Nudung, ti prometto che avrai tutto.

Blödel, a tante offerte, si arrese e disse:

«Ritornate nella sala, io solleverò rumore; Hagen sconterà il male che vi fece; io ve lo condurrò innanzi legato».

Allora la regina ritornò nella sala e sedette a tavola accanto a re Attila. Il re indicò a ciascun commensale il suo posto, e fece distribuire cibi diversi ai cristiani e ai pagani, ma tutto in abbondanza.

Crimilde fece portare alla mensa anche il figlio di Attila, Ortlieb, che sedette alla stessa tavola dove era Hagen. Quando Attila vide il fanciullo, disse ai fratelli di sua moglie:

«Vedete, amici, è il mio unico figliuolo e quello di vostra sorella. Spero diventi un uomo forte, ardito e nobile. Egli possederà un giorno dodici regni e vi presterà i suoi servigi. Perciò vi prego, amici miei, quando ritornerete a casa vostra sul Reno, conducete con voi il figlio di vostra sorella, e siate sempre ben disposti verso il ragazzo. Allevatelo in onore, finchè diverrà un uomo».

Hagen disse:

«Difficilmente se ne farà un uomo; il giovane re è così gracile; certo mi vedranno di rado alla corte di Ortlieb».

Il re guardò Hagen; il discorso gli spiacque. Se anche non rispose nulla, ne fu colpito nell'anima. Anche a tutti i suoi vassalli dolse ciò che Hagen aveva detto del fanciullo, e gli serbarono rancore; avrebbero voluto punire il cavaliere, non sapevano ciò che presto doveva accadergli.

TRENTADUESIMA AVVENTURA

Come Blödel combattè contro Dankwart.

Blödel, con mille armati, entrò nell'alloggiamento dove sedeva a tavola Dankwart, coi servi. Il maresciallo Dankwart lo accolse affabilmente e disse:

«Benvenuto, mio signore Blödel; mi meraviglia la vostra visita; che nuove portate?».

«Non occorre che tu mi saluti», disse Blödel, «la mia venuta segna la tua fine, perchè Hagen, tuo fratello, uccise Siegfried. Tu e gli altri lo sconterete fra gli Unni».

«No, mio signore Blödel», disse Dankwart, «quando Siegfried perdette la vita io ero ancora un fanciullo; non so che voglia da me la moglie di Attila».

«Io non so altro», disse Blödel, «i tuoi amici lo fecero, e sconterete con la morte l'offesa».

«Ah, se è così», disse Dankwart, «potevo risparmiare le mie parole!».

Balzò dalla tavola, con una lunga arma affilata, e di colpo la testa di Blödel gli cadde ai piedi con tutto l'elmo.

Gli uomini di Blödel si gettarono ferocemente sui servi, ma Dankwart gridò loro:

«Difendetevi fino alla morte!».

Coloro che non avevano armi afferrarono sedie e sgabelli e con essi battevano gli Unni; ne uccisero molti e gli altri furono spinti fuori. Ma quando gli uomini di Attila seppero della morte di Blödel si armarono in numero di più di duemila e assalirono i Burgundi. A che giovarono la forza e l'ardire? I poveri servi furono tutti uccisi. Solo Dankwart rimase a combattere ancora, contro gli Unni, che gli erano addosso; egli riuscì a guadagnare la porta, sempre difendendosi, ma altri numerosi guerrieri lo assalirono fuori.

Egli disse:

«Oh, se potessi mandare un messo a mio fratello Hagen!».

E gli Unni dissero:

«Sarai tu medesimo il messo, quando ti porteremo morto davanti a tuo fratello».

Ma il valoroso Dankwart, benchè privo di scudo, teneva testa ai suoi assalitori, colpendo elmi e corazze, battendosi furiosamente, come il cinghiale contro la muta dei cani. Riuscì a farsi strada fra i suoi nemici e a giungere fino alla sala dove Attila sedeva.

TRENTATREESIMA AVVENTURA

Come i Burgundi combatterono con gli Unni.

Quando il prode Dankwart apparve sulla porta egli era tutto intriso di sangue e portava in mano la spada nuda. Proprio in quel momento il fanciullo Ortlieb era portato da una tavola all'altra ai principi e signori.

Dankwart gridò forte:

«Fratello Hagen, state troppo a lungo in riposo. A voi e a Dio nel cielo accuso il mio affanno! Cavalieri e servi sono tutti morti nell'albergo».

«Chi ha fatto ciò?».

«Blödel, coi suoi; ma io l'ho ripagato; con queste mani gli ho tagliato la testa».

Disse Hagen:

«Fratello, perchè siete così rosso? Vi hanno ferito?».

«No, io sono bagnato del sangue di tanti che ho ucciso, non saprei dirne il numero.

«Fratello Dankwart, custodite la porta che nessun unno entri» disse Hagen.

Tali parole dispiacquero alla gente di Crimilde.

«Vorrei sapere che cosa dicono gli Unni all'orecchio», disse Hagen; «da tempo sapevo che Crimilde medita la sua vendetta. Suvvia, facciamo un brindisi e paghiamo il vino di Attila; il giovane principe degli Unni sarà il primo».

Hagen colpì il fanciullo Ortlieb, tanto che dalla sua spada gli scorse il sangue sulle mani, e il capo rotolò in grembo alla regina.

Un immenso clamore scoppiò nella sala. Hagen con un colpo fece saltar via la testa del governatore del fanciullo, poi, veduto a tavola Werbel, il suonatore di violino, gli tagliò netta la destra mano dicendo:

«Questa è per la tua imbasciata nel paese dei Burgundi!».

Poi continuò a saziare la sua sete dà sangue, uccidendo qua e là i cavalieri di Attila che gli capitavano sotto mano.

Volker e i tre re burgundi erano balzati in piedi. Questi con la intenzione di placare gli animi, quello per dare aiuto a Hagen.

Ma quando Gunther vide che non era possibile calmarli cominciò a menar colpi pur egli, e lo stesso fecero Gernot e Giselher. La mischia divenne, terribile, le spade lampeggiavano nella sala del re che echeggiava di urli e di lamenti.

Quelli di fuori volevano entrare per aiutare gli amici; quelli di dentro volevano uscire; ma Dankwart, all'uscio della scala, non lasciava entrare nè scendere nessuno. Tutti cercavano di colpirlo e egli era in grande pericolo. Suo fratello se ne accorse, e gridò a gran voce a Volker:

«Vedete là mio fratello sotto i colpi degli Unni? Soccorretelo presto».

«Subito», disse Volker; attraversò la sala si piantò dinanzi alla porta e disse a Dankwart:

«Tenete la porta di fuori e io la terrò di dentro, sarà come se avesse mille chiavistelli».

Hagen ricominciò a menare strage. Quando Teoderico vide come spezzava elmi e teste, saltò sopra una panca e gridò:

«Hagen mesce qui la bibita più amara».

Frattanto la regina e lo stesso Attila erano in grave pericolo.

Crimilde chiamò Teoderico:

«Aiutatemi a salvare la vita, nobile eroe! Se Hagen mi raggiunge, sono morta!».

«Come posso aiutarvi, nobile regina?», disse Teoderico, «devo guardarmi io stesso».

«Teoderico, nobile cavaliere», ripetè Crimilde, «aiutate me e il re a metterci in salvo!».

«Vedrò se sarà possibile», rispose il cavaliere. E cominciò a chiamare a gran forza; la sua voce risuonava come da un corno di buffalo, tanto che re Gunther pur nell'aspra battaglia la udì, e si pose in ascolto:

«È giunta ai miei orecchi la voce di Teoderico. Certo i nostri guerrieri hanno ucciso qualcuno dei suoi. Lo vedo ritto sulla tavola far cenno con la mano. Fermatevi, cugini e amici di Burgundia, udiamo ciò che egli dirà».

Al comando di Gunther le spade si abbassarono, e il re domandò a Teoderico che volesse dire.

Egli parlò:

«Nobilissimo Teoderico, che vi hanno fatto i miei amici? Sono disposto a pagare ogni danno».

Disse il nobile Teoderico:

«Nessuno mi ha fatto nulla. Lasciatemi soltanto uscire di qui coi miei uomini, e saremo sempre disposti a servirvi».

Disse re Gunther:

«Siete libero di farlo e conducete con voi chi volete, meno i miei nemici; essi rimarranno qui».

Quando Teoderico udì ciò cinse con un braccio la regina, che era piena di angoscia, con l'altro prese Attila, e uscì, seguìto da seicento uomini suoi.

Allora Rüdiger, il margravio, disse:

«Ditemi se anche qualche altro che sempre vi fu fedele può uscire da questa casa».

Giselher rispose tosto:

«Sempre voi foste con noi in pace e fedeltà, uscite pure, senza timore, voi e i vostri amici».

Rüdiger e circa cinquecento uomini lasciarono la sala. Quando Attila uscì dalla casa disse:

«Ahimè! gli ospiti miei, e tanti miei cavalieri morti! Ahimè, il banchetto di corte!».

Teoderico e Rüdiger ritornarono ai loro alberghi, e comandarono ai loro uomini di tenersi lontani dalla pugna. Ma, se gli ospiti stranieri avessero saputo quali mali avrebbero ancora ricevuto dai due, non li avrebbero lasciati andar via così facilmente.

Nella sala intanto la mischia fu ripresa ferocemente. Nessuno degli Unni rimase in vita. Quando tutti furono uccisi si fece un po' di calma e i guerrieri deposero le spade.

TRENTAQUATTRESIMA AVVENTURA

Come gettarono i morti fuori della sala.

Allora la stanchezza li vinse e si sedettero. Volker e Hagen si portarono davanti alla casa e si appoggiarono ai loro scudi discorrendo allegramente.

Giselher disse ai suoi:

«Non dobbiamo ancora pensare al riposo. Bisogna portar fuori questi morti e non tenerli più qui fra i piedi. E prima che gli Unni a stormi ci assalgano nuovamente, dobbiamo dar loro qualche buon colpo».

Hagen approvò il consiglio, e tutti portarono fuori i cadaveri, settemila morti! li posero davanti alla porta e li lanciarono giù dalla scala. Che urlo di dolore si levò tra i loro amici!

E non tutti erano morti. Qualcuno era soltanto ferito e avrebbe potuto essere curato, ma dal lancio giù dalla scala ebbe la morte.

Volker allora, il suonatore, disse:

«Mi han detto la verità che gli Unni sono vili; si lamentano come le donne e dovrebbero invece curare i loro feriti».

Uno degli Unni, a cui un cugino era caduto nel sangue, credette che Volker dicesse sul serio, andò per prenderlo, ma il suonatore gli tirò un colpo mortale. Allora gli altri tutti fuggirono, maledicendo il suonatore.

Ma davanti alla casa erano affollati più di mille. E Volker e Hagen parlarono insolentemente al re degli Unni:

«Sarebbe bene che i principi lottassero fra di loro, come fanno i miei signori».

E tosto re Attila afferrò il proprio scudo. Ma il feroce Hagen lo dileggiò:

«Attila e Siegfried divennero stretti parenti, poichè Siegfried amò Crimilde prima che ella ti vedesse. Vile re Attila, perchè parlasti contro di me?».

Allora la regina Crimilde fu oltremodo adirata che egli la insultasse così dinanzi agli uomini di Attila, e disse:

«Chi mi portasse qui il capo di Hagen di Tronje, gli darei tanto oro quanto ne può contenere lo scudo di Attila, e anche castelli e paesi».

Volker frattanto si burlava degli Unni, che se ne stavano là inerti, e dello stesso re, che piangeva tanti suoi prodi caduti. Il suonatore diceva:

«Vedo qui piangere tanti guerrieri, invece di soccorrere il re nel suo bisogno; eppure chi sa da quanto tempo mangiano qui con vergogna il suo pane».

E i migliori fra essi dicevano:

«È vero quello che Volker dice».

Ma il margravio Iring, di Danimarca, lo sentiva più di tutti, e tra poco dimostrò la sincerità dei suoi sentimenti.

TRENTACINQUESIMA AVVENTURA

Come Iring fu ucciso.

Il margravio Iring di Danimarca gridò:

«Portatemi l'armatura; voglio provarmi con Hagen».

E Hagen gli disse:

«Io ve ne sconsiglio, perchè i vassalli di Attila avranno a piangere di più.

«Se due o tre di voi saltano nella sala io li spedisco a pezzi giù per la scala».

Iring disse:

«E io lo proverò tuttavia».

Iring fu armato, e anche si armarono Irnfried di Turingia e Hawart coi suoi uomini per soccorrere Iring. Volker, il suonatore, vide quindi un esercito venire contro di loro e ne fu molto adirato.

«Vedete, amico Hagen», disse, «là venire Iring con un intero esercito, mentre promise di combattere solo con voi? Stan bene le menzogne agli eroi? Avrà con sè più di mille cavalieri».

Iring allora si gettò ai piedi dei suoi amici, pregandoli che lo lasciassero combattere solo contro Hagen, il che fecero mal volentieri, perchè conoscevano troppo bene Hagen della Burgundia.

I due eroi si incontrarono lancia contro lancia, e queste si spazzarono sugli scudi; allora afferrarono le spade. Ma quando Iring vide che Hagen era invincibile si lanciò contro Volker. Ma questo si difese abilmente. Allora Iring si provò con Gunther, poi con Gernot, e infine con Giselher.

Questi gli disse:

«Signore Iring, pagherete il prezzo di quelli che sono stati uccisi qui, prima di voi».

Lo assalì e gli menò un colpo così terribile, che Iring si credette morto.

Ma poi pensò:

«Io vivo, non sono ferito», e pensò come sfuggire ai suoi nemici. Rapidamente corse fuori della casa, dove trovò Hagen, e gli inflisse forti colpi con la sua robusta mano.

Hagen pensava:

«Tu sarai morto, se il diavolo non ti aiuta».

Ma Iring lo colpì sull'elmo con la sua buona spada. Quando Hagen si accorse di essere ferito, la spada si levò potente nella sua mano, e Iring dovette indietreggiare; Hagen lo inseguì giù per la scala, e Iring si coprì il capo con lo scudo, e Hagen gli fu sempre addosso, e non gli lasciò tirare nemmeno un colpo.

Pure Iring arrivò salvo presso i suoi. Quando Crimilde seppe ciò che aveva fatto a Hagen, ella ringraziò molto Iring:

«Dio ti ricompensi, valoroso cavaliere, tu mi hai consolato il cuore; vedo sangue sulla corazza di Hagen».

Hagen disse:

«Non ringraziatelo tanto; se egli ritenta la prova sarà ben coraggioso; quanto alla mia ferita è cosa da poco». E Iring disse:

«Amici, datemi nuove armi, voglio vedere se non riesco a vincere questo insolente».

Il suo scudo era spezzato. Gliene diedero uno migliore. Prese anche una lancia ben salda, e mosse contro a Hagen. Ma questi non l'aspettò e gli corse addosso fino in fondo alla scala.

Si batterono in modo che le armi mandavano scintille. Iring fu gravemente ferito alla testa e poi Hagen gli menò un altro colpo così forte che il danese dovette fuggire presso ai suoi; ma la morte si avvicinava; gli amici lo piansero assai.

Anche la regina gli si accostò con lamenti. Ma il guerriero moribondo disse:

«Non piangete, nobile regina. La mia vita se ne va dalle ferite aperte».

Il colore gli svaniva dal volto, già il guerriero portava il segno della morte. Ma i Danesi vollero vendicarlo, Irnfried e Hawart, con mille uomini, si slanciarono verso la casa e assalirono i Burgundi. Irnfried corse contro Volker menando colpi terribili, ma il suonatore lo ferì a morte. Hawart si buttò contro Hagen, e fu una lotta meravigliosa, pure Hawart dovette morire per mano del cavaliere burgundo.

Quando i Turingi e i Danesi videro morti i loro signori, si slanciarono tutti contro la porta della sala, e Volker disse:

«Lasciateli entrare, vi troveranno la morte».

Infatti, quando furono dentro, i Burgundi li uccisero tutti con furiosi colpi di spada. Allora si fece silenzio. Il sangue scorreva a torrenti, e penetrava nelle fessure e nelle grondaie. I Burgundi deposero gli scudi e le spade. Il suonatore continuava a stare davanti alla porta, aspettando se ancora qualcuno venisse e combattere.

Il re e la regina si lamentavano forte, donne e fanciulle piangevano i morti; e molti altri ancora dovranno perire per mano dei Burgundi.

TRENTASEIESIMA AVVENTURA

Come la regina fece incendiare la sala.

Hagen disse:

«Levatevi gli elmi, io e il mio compagno vi faremo la guardia. E, se gli Unni oseranno ancora attaccarci, subito vi avvertiremo». Così molti cavalieri si tolsero gli elmi e si sedettero sui cadaveri.

Ancora prima di sera il re e Crimilde avevano deciso che gli Unni tornassero a attaccare i Burgundi. Erano ventimila uomini che assalirono la porta guardata da Dankwart. La mischia durò fino a notte nella lunga giornata estiva, e costò la vita a molti eroi. La carneficina fu durante il solstizio. Crimilde non aveva pensato a tanta strage. Ella dapprima mirava solo alla morte di Hagen, ma il diavolo malvagio decise che sarebbe la morte di tutti.

Il giorno era finito. I Burgundi pensarono che sarebbe meglio per loro una sollecita morte, anzichè un così lungo martirio. Decisero allora di domandare una tregua, e pregarono che il re Attila venisse a parlamentare con loro dinanzi alla sala.

Vennero entrambi, Attila e Crimilde. Il re disse:

«Che volete da me? Volete pace? È difficile, dopo tutto il male che mi avete fatto. Finchè io respiro non la concederò mai. Avete ucciso il mio bambino e tanti miei amici. Non avrete mai perdono nè tregua».

Gunther gli rispose:

«Vi fummo costretti. Tutti i miei uomini furono uccisi dai tuoi nell'albergo. Meritavo io tale tradimento? Io venni qui fidando che tu mi fossi amico».

E Giselher, il giovinetto, disse:

«Voi, guerrieri di Attila, di che cosa potete incolparmi? Che vi avevo fatto, quando intrapresi così fiduciosamente il viaggio verso questo paese?».

Gli Unni dissero:

«Per colpa tua il castello e tutto il paese sono in lutto. Non fossi mai venuto da Worms sul Reno! Ora per te e i tuoi fratelli dappertutto è pianto e rovina».

E Gunther, irato, disse:

«Se volete compiere ancora questo assassinio su di noi, lontani dalla patria, fatelo pure; ciò che fa re Attila resterà impunito».

E Gernot disse:

«Ciò che deve accadere, accada tosto. Voi avete tanta gente vigorosa e noi siano stanchi. Quanto tempo volete farci rimanere in questa pena?

I guerrieri di Attila li avrebbero quasi lasciati uscire dalla sala, ma Crimilde ne ebbe un dolore feroce. Ella disse:

«No, nobili cavalieri, non fate ciò; se lasciate uscire gli assassini dalla sala, essi uccideranno i vostri amici. E se anche vivessero soltanto i figliuoli di Ute, se i miei nobili fratelli fossero liberi, sareste tutti perduti. Sulla terra non vi furono mai guerrieri più valorosi».

Allora il giovane Giselher disse:

«Nessuna grazia, poichè a me stessa fu fatta disgrazia. Hagen di Tronje mi ha fatto tanto male nel mio paese e qui ha ucciso il mio figliuolo. Se volete darmi il solo Hagen in ostaggio, io vi lascerò vivere, già che siete miei fratelli e della stessa madre».

Ma Gernot disse:

«Che Dio in cielo non lo voglia! Se anche fossimo mille, morremmo tutti piuttosto che darti in ostaggio uno dei nostri».

E Giselher disse:

«Bella sorella mia, come avrei potuto credere di te che mi avresti invitato a venire qui per farmi tanto male? Come ho io meritato la morte dagli Unni? Io ti fui sempre fedele, non ti ho mai fatto dispiacere, e sono venuto alla tua corte nella illusione che tu mi amassi. Facci dunque grazia, ti prego».

«Poichè dobbiamo morire, non mancheremo ai doveri della cavalleria. Se qualcuno vuol combattere, siamo ancora qua, ma mai mancherò di fede a un amico».

E Dankwart disse:

«Mio fratello Hagen non è solo. Quelli che ci negano la pace, se ne pentiranno, e ve ne accorgerete presto».

Allora la regina disse:

«Guerrieri, avvicinatevi alla scala, e vendicateci. Non lasciate uscire nemmeno uno dalla sala.

«Farò appiccare il fuoco ai quattro canti, in tal modo mi vendicherò della mia pena».

I guerrieri di Attila obbedirono.

Quelli che erano ancora fuori furono spinti nella sala con colpi e urtoni; ma i principi non si separarono dai loro uomini, e nessuno mancò di fede all'altro.

La moglie di Attila ordinò di dare fuoco alla sala. Così gli eroi soffrirono il supplizio dell'incendio.

Il vento che spirava attizzò le fiamme. Mai non vi furono guerrieri più tormentati.

Molti allora esclamarono.

«Ahimè, preferiremmo essere morti nella battaglia! Dio abbia pietà di noi, siamo tutti perduti! Che feroce vendetta prende Crimilde di noi!».

E uno disse:

«Il fumo e il fuoco ci faranno morire.

«È un tormento terribile. Questo orribile calore mi dà una sete peggiore della morte».

Allora Hagen di Tronje disse:

«Nobili cavalieri, se volete dissetarvi, bevete del sangue. Con questo calore il sangue è migliore del vino; non c'è altro di meglio da bere qui».

Uno dei cavalieri si accostò a un morto, gli si inginocchiò vicino, si sciolse l'elmo, attaccò la bocca a una ferita, e cominciò a bere il sangue che ne sgorgava. E benchè fosse una bevanda insolita gli parve squisita.

«Dio vi ricompensi, signor Hagen», disse l'uomo estenuato, «di avermi dato questo consiglio. Raramente ho bevuto un vino migliore. Finchè rimango in vita ve ne sarò riconoscente».

Gli altri che udirono fecero lo stesso; molti di loro bevettero sangue, e ristorarono così le loro forze, cosicchè più tardi molte altre belle donne ancora dovettero piangere i loro amici.

Il fuoco cadeva su di essi nella sala. Per ripararsene si ricoprivano con gli scudi. Il fumo e il calore erano insopportabili.

Disse Hagen di Tronje:

«Mettetevi accanto alle pareti; non lasciate cadere i tizzoni sui legacci dei vostri elmi; spingeteli coi piedi dentro il sangue. A una cattiva festa ci ha invitati la regina!».

Fra tali pene passò la notte. Ancora il suonatore montava la guardia davanti alla casa, col suo compagno Hagen.

E il suonatore disse:

«Andiamo nella sala, così gli Unni crederanno che siamo tutti morti nel supplizio che ci hanno dato, e potremo combatterli ancora quando verranno».

E Giselher, il giovinetto, disse:

«Mi pare che stia per far giorno, si leva un vento fresco. Dio voglia che possiamo vivere tempi migliori! Mia sorella Crimilde ci ha dato cattive nozze».

E un altro aggiunse:

«Sento già il giorno. Se le cose non cambiano, preparatevi, cavalieri, alla pugna; se non ci potremo salvare almeno moriremo con onore».

Gli Unni si accorsero che molti erano ancora vivi e lo riferirono a Crimilde.

«Come è possibile che uno viva ancora dopo il terribile incendio?», esclamò ella, «io credo che siano tutti morti».

I principi e i loro vassalli avrebbero ben voluto ancora salvarsi, se avessero trovato grazia, ma non la trovarono fra gli Unni. Già al mattino presto furono assaliti da un gran numero di essi.

I Burgundi si difesero valorosamente, e molti uomini di Attila giacquero morti a terra.

Gli Unni erano pieni di ardire, perchè volevano guadagnare l'oro della regina, ma più d'uno di loro trovò la morte! Crimilde fece portare molto oro sugli scudi, e lo distribuì liberalmente a tutti quelli che ne volevano.

Disse il suonatore di violino: «Noi siamo ancora qui. Non ho mai veduto guerrieri così desiderosi di combattere, come questi che per nostra rovina prendono l'oro del re».

Allora molti dissero:

«Combattiamo dunque subito, dal momento che dobbiamo cadere, facciamolo volentieri».

Che posso io dire di più? Ben mille duecento guerrieri li assalirono a colpi di spada, ma i Burgundi, che non avevano da sperare pace, ne ferivano e uccidevano molti, e si vedeva scorrere il sangue dalle profonde piaghe mortali.

TRENTASETTESIMA AVVENTURA

Come Rüdiger fu ucciso.

Il marito di Gotelinde venne a corte e vide le grandi rovine da una parte e dall'altra, e il fedele Rüdiger ne pianse. Diceva l'eroe:

«Questo grande disastro nessuno lo può riparare e, per quanto io desiderassi mettere pace, il re non comprende che il male si farà sempre più grave».

Il buon Rüdiger mandò da Teoderico per tentare se potesse salvare i re, ma Teoderico gli mandò a dire:

«Chi può impedirlo? Re Attila non vuol saperne di perdono».

Un cavaliere unno vide Rüdiger stare con occhi piangenti e disse alla regina:

«Vedete colui che avete innalzato sopra tutti gli altri, come rimane lì inoperoso. Si diceva che fosse più valoroso degli altri, ma in questo caso non lo ha dimostrato».

Il fedele Rüdiger udì le parole dell'Unno e pensò:

«Queste le sconterai. Hai parlato troppo ad alta voce a corte». Strinse il pugno, lo assalì e abbattè l'Unno al suolo con tanta forza che quello cadde morto.

Rüdiger disse:

«Vile malfattore, che t'importa se io non combattevo? Anch'io odierei gli ospiti, e farei loro tutto il male possibile, se non li avessi condotti io in questo paese. Perciò la mia mano non può combattere».

Re Attila disse al margravio:

«Bell'aiuto ci avete dato, nobilissimo Rüdiger! Avevamo già abbastanza dei morti in questo paese e non ne occorrevano più. La vostra mano lo colpì a torto».

Anche Crimilde venne, la quale aveva veduto ciò che Rüdiger aveva fatto all'Unno. Ella lo rimproverò con occhi pieni di lagrime, e disse:

«Meritavamo noi che accresceste la nostra pena? Voi, nobile Rüdiger, prometteste sempre che avreste arrischiato per noi l'onore e la vita. Io vi rammento la vostra fede, che mi avete giurato, di servirmi sino alla morte».

«Non lo nego, regina, vi giurai di dare per voi l'onore e la vita, ma non vi ho giurato di perdere l'anima mia. Io stesso ho condotto i principi a questa corte».

Ma la regina e lo stesso Attila si gettarono ai piedi di Rüdiger. Egli era in grande affanno e esclamava:

«Ahimè, dovevo vedere questo giorno! rinunziare all'onor mio, alla fedeltà, all'onestà che Dio mi ha comandato. Oh, Signore del cielo, preferirei la morte! Qualunque cosa io faccia, meriterò il biasimo del mondo; mi illumini Colui che mi diede la vita».

Il re e la regina supplicarono tanto che egli cedette. Molti guerrieri perderanno per lui la vita! ed egli stesso morrà!

Sapeva bene che il suo guadagno non era che danno e dolore, Egli avrebbe voluto rifiutarsi, sapendo che se egli uccideva uno dei Burgundi sarebbe rimasto come un orrore al mondo.

Disse al re:

«Signore Attila, riprendetevi ciò che guadagnai da voi: il paese e i castelli. Nulla voglio conservare, andrò coi miei piedi fuori nella mia miseria. Lascio il vostro paese, senza nessun bene, prendendo alla mano mia moglie e mia figlia. Piuttosto che mancare alla fedeltà, andrò incontro alla morte».

Disse re Attila:

«Ma chi vi soccorrerà? Io ti darò il mio paese, i miei uomini, Rüdiger, perchè tu mi vendichi, sarai un re possente vicino a Attila».

Replicò Rüdiger:

«Ma come potrei far loro del male? Io li ho invitati nella mia casa, ho dato loro da bere e da mangiare, e ora dovrei ucciderli?

«A Giselher ho dato la mia figliuola, che non potrebbe essere meglio appoggiata nel mondo; per contegno onore fedeltà e ricchezza non ci fu mai un giovine re più ricco di virtù».

Replicò Crimilde:

«Nobilissimo Rüdiger, abbi pietà delle pene mie e di quelle del re, pensa che mai nessuno al mondo ebbe ospiti così cattivi».

E il margravio disse alla regina:

«Oggi Rüdiger pagherà con la vita ciò che voi e il re mi avete fatto di bene; devo morire, e non andrà molto. Raccomando alla grazia vostra mia moglie e mia figlia, e tutti quelli che sono esuli a Bechlar».

«Dio ti ricompensi, Rüdiger, io spero che ritornerai salvo», dissero il re e la regina. Ma Rüdiger disse:

«Ahimè, i miei amici! come mi duole di doverli assalire!».

Se ne andò tristamente e comandò ai suoi uomini di armarsi. Il suonatore Volker lo vide e ne ebbe dolore. Quando poi Giselher vide il suo suocero con l'elmo sul capo disse pieno di gioia:

«Benvenuti gli amici che abbiamo guadagnato durante il viaggio!».

Ma già il margravio era davanti alla casa con lo scudo al piede e disse:

«Valorosi Nibelunghi, ora difendetevi! Eravamo amici, ma ora disdico l'amicizia!».

I Burgundi si spaventarono molto e Gunther disse:

«Dio guardi che voi dimentichiate così la fede e l'amicizia; io confido che non lo farete mai».

«Non posso fare altrimenti», disse Rüdiger; «così vuole la regina».

Gunther replicò:

«Dio vi ricompensi di tutto il bene che ci avete fatto, e sempre vi saremo grati, purchè ci lasciate vivere, me e i miei amici, nobile Rüdiger».

«Come lo farei volentieri, se lo potessi!», disse Rüdiger, «ma l'odio della regina non me lo permette».

Gernot disse:

«Ricordatevi l'ospitalità che abbiamo goduto da voi, e ne godremo ancora se scampiamo vivi.»

«Volesse Dio», disse Rüdiger, «nobile Gernot, che voi foste sul Reno e io fossi morto».

«Dio vi ricompensi del dono che mi faceste», disse Gernot, «e mi duole della vostra morte; ecco la buona spada che mi regalaste voi stesso. Con essa ho ucciso molti cavalieri. E se voi ci assalirete con essa vi toglierò la vita, e me ne dispiace, Rüdiger, per voi e per la vostra moglie».

Allora parlò Giselher:

«Volete rendere vedova troppo presto la vostra bella figliuola. Rammentatevi che io mi affidai a voi quando la presi in moglie».

«Dio ci tenga nella sua grazia», disse Rüdiger e, alzato lo scudo, si avviava coi suoi verso la sala. Ma prima parlò Hagen dalla scala:

«Aspettate un momento, nobile Rüdiger; lo scudo che mi diede dama Gotelinde me l'hanno frantumato gli Unni. Se avessi il vostro buono scudo non avrei bisogno d'altra difesa».

«Prendilo», rispose Rüdiger, «così potessi tu riportarlo nel paese dei Burgundi!».

Allora molti occhi si arrossarono di pianto. Era l'ultimo dono che faceva Rüdiger. E per quanto Hagen fosse feroce pure si commosse e disse:

«Dio ve ne premii, nobile Rüdiger, mai non ci fu un cavaliere pari a voi. La mia mano non vi toccherà nella battaglia, anche se uccideste tutti i Burgundi».

Rüdiger si inchinò ringraziando e tutti piansero. Volker, dalla scala, disse:

«Poichè il mio compagno Hagen vi offre la pace, faccio lo stesso anch'io. L'avete ben meritato».

Poi incominciò la mischia terribile. Gernot e Gunther si batterono da eroi, ma Giselher evitava sempre Rüdiger. Lo stesso facevano Hagen e Volker, ma i loro colpi contro gli altri facevano strage. Anche Rüdiger mostrava come fosse prode guerriero e uccideva molti dei Burgundi. Allora Gernot gridò:

«Non volete lasciarmi in vita neppure uno dei miei, nobile Rüdiger. Ebbene, volgetemi la fronte, proverò con voi la buona spada che mi avete donato, così meriterò il vostro dono».

I due cavalieri si slanciarono uno contro l'altro. Un colpo della spada di Rüdiger spaccò l'elmo di Grenot, e il sangue ne scaturì a fiotti. Ma Gernot brandì la spada, dono di Rüdiger, e lo ferì alla testa e al petto, e Rüdiger cadde. Entrambi i guerrieri morirono, Gernot e Rüdiger. Quando Giselher vide morto suo fratello si gittò furibondo contro quelli di Bechlar, e sotto i colpi dei Burgundi nessuno di loro si salvò. Allora nella sala si rifece silenzio.

Fuori la regina diceva a Attila:

«Rüdiger vuol certo salvarli; abbiamo fatto male a fidarci di lui».

Ma Volker dalla sala le rispose:

«Purtroppo non è così. E se mi fosse lecito smentire una così nobile donna direi che avete mentito diabolicamente verso Rüdiger. Egli vi fu fedele sino alla morte. E, se non lo credete, guardate voi stessa».

Il corpo di Rüdiger fu portato dinanzi al re, e il dolore degli Unni fu grande. Nessuno scrittore potrebbe descrivere gli urli e i lamenti degli uomini e delle donne a vedere il cadavere del margravio.

Il lamento del re Attila era così forte che pareva il ruggito del leone.

Egli e la regina piansero smisuratamente la morte del buon Rüdiger.

TRENTOTTESIMA AVVENTURA

Come tutti i guerrieri di Teoderico furono uccisi.

Da ogni parte i lamenti crebbero tanto che ne risuonavano il palazzo e la torre. Li udì anche un suddito di Teoderico. Egli corse dal principe e disse:

«Uditemi, signore, non ho mai sentito tante grida lamentevoli come ora; io credo che il re o Crimilde siano stati uccisi». Disse allora il prode Wolfhart:

«Andrò nella sala a vedere ciò che è accaduto, e ve lo riferirò, signore».

Ma Teoderico non volle, e pregò Helferich di andare a informarsi presso i servi di Attila. Il messo andò e domandò:

«Che cosa è accaduto?».

Gli dissero:

«Qui giace ucciso dalle mani dei Burgundi Rüdiger. Nessuno di quelli che andarono con lui non è scampato».

Helferich tornò piangendo da Teoderico.

«Che nuove portate?», gli domandò questi, «perchè piangete?».

«Ho ben ragione di piangere», rispose il cavaliere, «i Burgundi hanno ucciso il buon Rüdiger».

Disse Teoderico:

«Dio non lo voglia; sarebbe una malvagia vendetta e uno scherzo del diavolo. Come poteva meritare tal cosa Rüdiger? Io so che amava gli stranieri».

Wolfhart disse:

«E se l'hanno fatto lo pagheranno con la vita. Sarebbe una vergogna per noi il sopportarlo. Rüdiger ci ha reso molti servigi».

Il re degli Amelunghi si sedette presso la finestra col cuore greve di tristezza, e mandò Ildebrando a domandare altre notizie ai Burgundi. Ildebrando si armò e vide che tutti i cavalieri di Teoderico erano pure armati e pronti a accompagnarlo.

«Vogliamo venire con voi», gli dissero, «per vedere se Hagen di Tronje sarà ancora tanto ardito di parlarvi con scherno, come è solito».

Volker li vide arrivare e disse ai suoi signori:

«Vedo avvicinarsi armati i cavalieri di Teoderico; vengono per assalirci; l'andrà male per noi».

Non andò molto e giunse Ildebrando, che si posò lo scudo al piede e domandò ai Burgundi:

«Ohimè; buoni cavalieri, che vi ha fatto Rüdiger? Mi manda il mio signore Teoderico a domandarvi se è vero che voi abbiate ucciso il margravio».

Rispose il feroce Hagen:

«La notizia è vera, per quanto vorrei che non lo fosse, e egli vivesse ancora».

Allora si videro scorrere le lagrime sui visi degli uomini di Teoderico, e Siegstab, il duca di Verona, disse:

«Ahimè, ora per colpa vostra è finita la bontà che sempre Rüdiger ci aveva dimostrato!».

E Wolfwein degli Amelunghi disse:

«Se vedessi qui giacere morto mio padre non mi dorrebbe tanto come di Rüdiger. Ahimè! chi potrà ora consolare la margravia?».

E Wolfhart disse adirato:

«Chi ci guiderà ora in battaglia, come fece tante volte Rüdiger? Ohimè, egli è perduto per noi!».

E tutti i guerrieri piangevano. Ildebrando disse:

«Allora dateci il cadavere di Rüdiger, perchè gli rendiamo gli estremi onori».

E lo stesso disse Wolfhart. Ma Volker rispose:

«Andatelo a prendere là dove l'eroe è caduto nel proprio sangue».

Disse allora Wolfhart:

«Signor suonatore di violino, non irritateci. Se il mio signore non ci avesse proibito di azzuffarci con voi, paghereste il male che ci avete fatto».

Rispose il suonatore:

«Chi tralascia ciò che gli viene proibito di fare vuol dire che ha paura».

«Se non smettete lo scherno», disse Wolfhart, «io vi guasterò le corde in maniera che ancora sul Reno ve ne ricorderete, se mai ci tornate».

Disse il suonatore:

«Se mi guastate le mie corde, lo splendore del vostro elmo si offuscherà».

Wolfhart voleva gettarsi su di lui, ma Ildebrando, che era suo zio, lo trattenne, dicendogli:

«Tu vuoi infuriare nella tua stupida rabbia, e vuoi farci perdere la grazia del mio signore».

«Lasciate libero il leone», disse Volker con scherno, «ma se mi viene troppo vicino lo accoppo, che non possa più pronunciare parola».

Allora Wolfhart si gettò su di lui, e tutta la sua schiera lo seguì.

E la mischia cominciò. Hagen si lanciò contro Ildebrando, Wolfhart contro Volker, Gunther tenne testa contro gli Amelunghi, Giselher fece arrossare di sangue molti lucidi elmi. Dankwart, il fratello di Hagen, faceva prodigi di valore. Molti cadevano morti. Siegstab, il duca, nipote di Teoderico, fu ucciso da Volker, e Ildebrando allora, per vendicarlo, assalì Volker e lo stese morto. Fiumi di sangue scorrevano dagli elmi. Giselher si battè con Wolfhart, e perirono entrambi.

Hagen pensava a Volker, il fedele suonatore, ucciso da Ildebrando, e era assetato di vendetta. Disse a Ildebrando:

«Ora mi paghereste il dolore che mi avete dato».

E lo assalì. Si udiva rintronare Balmung, la spada che Hagen aveva tolto a Siegfried dopo averlo ucciso. Ma il vecchio Ildebrando si difendeva bene.

Dopo una terribile lotta nella quale Ildebrando fu ferito, questi riuscì a fuggire tutto insanguinato, per portare le tristi nuove a Teoderico. Altri non erano sopravvissuti fuorchè Gunther e Hagen.

Ildebrando trovò il principe a sedere, molto triste, aspettando le notizie. Quando vide Ildebrando con la corazza rossa di sangue, domandò:

«Ditemi, Ildebrando, come siete così insanguinato? Chi vi ha fatto ciò? Certamente avete combattuto con gli ospiti nella sala, nonostante il mio divieto?».

Ildebrando rispose al suo signore:

«È stato Hagen. Egli mi ha fatto questa profonda ferita, e appena ho potuto sfuggire con la vita al diavolo».

Disse quello da Verona:

«L'avete meritato, perchè mi avete udito promettere amicizia ai cavalieri, e voi rompeste la pace da me a loro offerta. Meritereste di espiarlo con la morte».

«Non serbatemene rancore, signore Teoderico; a me e ai miei amici il male è troppo grande. Volevamo portare fuori della sala Rüdiger, e i vassalli di Gunther non lo permisero».

«Ahimè, quale pena! Dunque Rüdiger è morto? Gotelinde è figlia di mia cugina... Ahimè, gli orfani rimasti a Bechlar!».

E Teoderico cominciò a piangere.

«Ahimè! egli mi era un aiuto così fedele! Sapete dirmi, Ildebrando, il nome del cavaliere che lo ha ucciso?»

Ildebrando disse:

«Fu Gernot, e egli stesso morì per mano di Rüdiger».

Disse Teoderico:

«Dite ai miei uomini di armarsi; io stesso andrò là. Fatemi portare la mia armatura; voglio parlare con gli eroi della Burgundia».

Parlò Ildebrando:

«Chi deve andare con voi? Quelli che rimasero in vita li vedete innanzi a voi; sono io il solo; gli altri sono morti».

Il re si spaventò a tale nuova, mai non aveva avuto a soffrire più acerbo dolore.

Disse:

«Se tutti sono morti i miei guerrieri, Dio si è dimenticato di me, misero Teoderico! Ma come han potuto morire quegli eletti cavalieri per mano di coloro che erano pure stanchi di combattere e pieni di affanni? E degli ospiti rimase qualcuno in vita?».

Disse Ildebrando:

«Lo sa Dio; nessuno fuorchè Hagen e re Gunther».

«Ahimè, caro Walfhart, ti ho dunque perduto! Ah, perchè mai sono nato! Siegstab e Wolfwein, e Wolfbrand: chi mi accompagnerà dunque nel regno degli Amelunghi? Anche Helferich, il valoroso, è morto, e Gerhart e Wichart; quando cesserò di lamentarmi? Con questo giorno ogni mia gioia è finita. Ah, perchè non si può morire di dolore?».

TRENTANOVESIMA AVVENTURA

Come Gunther, Hagen e Crimilde furono uccisi.

Teoderico si cercò da sè la propria armatura, e il vecchio Ildebrando lo aiutò a rivestirla; e i lamenti del forte eroe continuavano a risonare per la casa. Ma poi riacquistò l'antica forza d'animo e si avviò con Ildebrando portando in mano lo scudo.

Hagen di Tronje disse:

«Vedo venire verso di noi il signore Teoderico; egli ci assalirà per la grande pena che gli abbiamo procurato. Ma, se egli si crede così forte e terribile e se viene per vendicarsi, io son l'uomo di tenergli testa ».

Teoderico e Ildebrando udirono questo discorso. Venne dove i due cavalieri stavano, fuori, davanti alla casa, appoggiati alla sala. Teoderico abbassò il proprio scudo.

E disse in tono addolorato

«Perchè avete fatto questo contro di me, signore Gunther? Mi avete privato d'ogni mio conforto. Non vi bastava di avere ucciso Rüdiger, e avete anche distrutto tutti coloro che mi erano fedeli. Mai io vi avrai fatto tanto male».

Hagen replicò:

«Nessuno lo nega, ma io menerò colpi assai forti, se non si spezza la spada dei Nibelunghi».

Quando Teoderico udì queste parole, subito afferrò lo scudo. Hagen gli fu addosso in un momento e i colpi della sua spada risuonavano sull'armatura di Teoderico, il quale non stentava poco a difendersi. Cercava pure di evitare Balmung, un'arma molto forte, e ricambiava con arte i colpi di Hagen finchè riuscì a infliggergli una lunga e profonda ferita.

Il nobile Teoderico pensava:

«Le fatiche e i disagi ti hanno indebolito; avrei poco onore a darti la morte. Voglio soltanto tentare se mi riesce di domarti e di costringerti a darti come ostaggio».

Lasciò cadere lo scudo; la sua forza era grande; cinse con le sue braccia Hagen di Tronje e lo ridusse all'impotenza.

A vedere ciò Gunther fu molto afflitto. Teoderico legò Hagen e lo menò a Crimilde, così le diede nelle mani il più ardito cavaliere che mai portasse le armi.

Ella ne fu molto lieta.

La moglie di Attila nella sua gioia si inchinò al guerriero:

«Che tu possa essere sempre felice di animo e di persona, tu mi hai ricompensato di ogni mio dolore; te ne sarò riconoscente sino alla morte».

Disse allora Teoderico:

«Lasciatelo in vita, nobile regina; può darsi che i suoi servigi riscattino il male che vi ha fatto».

Ella fece condurre Hagen in una prigione e lo chiuse là dentro. Gunther allora gridò:

«Dov'è l'eroe di Verona? Egli mi ha fatto dolore».

Teoderico subito gli mosse incontro e anche quei due cavalieri combatterono fra di loro. Ma Teoderico fu anche questa volta vincitore.

Il re fu legato per mano di Teoderico, e così legato lo prese per mano e condusse a Crimilde, la quale lo salutò dicendo:

«Re Gunther, siatemi il benvenuto».

Egli disse:

«Nobile sorella mia, vi ringrazierei se il vostro saluto fosse benevolo. Ma conosco il vostro animo iracondo, e so che a me e a Hagen questo saluto lo fate solo per scherno».

Allora parlò l'eroe di Verona:

«Moglie del re nobilissimo, mai non vi furono qui come ostaggi cavalieri più valorosi e buoni, di quelli che oggi vi ho consegnati, o illustre regina. Ora, per l'amicizia mia, trattate umanamente questi guerrieri».

La regina rispose che lo farebbe volentieri.

Allora Teoderico si allontanò con gli occhi pieni di lagrime. Ma orribilmente si vendicò la moglie di Attila.

Ai due eletti cavalieri ella tolse la vita.

Ella li fece mettere separatamente in prigione; e così non si rividero mai più, finchè ella non fece portare dinanzi a Hagen la testa di Gunther. Fu assai feroce contro quei due la vendetta di Crimilde.

Ella andò a trovare Hagen nella sua prigione.

Parlò con odio e collera al guerriero:

«Se mi restituite ciò che mi avete tolto, potrete ritornare ancora vivo nel paese dei Burgundi».

Il feroce Hagen rispose:

«È un discorso inutile, nobilissima figlia di re. Ho giurato di non rivelare dove è nascosto il tesoro, finchè sarà vivo uno dei miei signori. Così non cadrà in mano a nessuno».

Sapeva bene che lo farebbe morire.

«Allora, la finirò io», disse Crimilde, e ordinò di uccidere suo fratello. Gli fu tagliata la testa e essa la portò, tenendola per i capelli, dinanzi all'eroe di Tronje. Fu per lui una spaventevole vista.

Quando il guerriero vide la testa del suo signore, disse a Crimilde:

«Sì, tu sei giunta alla fine dei tuoi desideri, e tutto è accaduto come avevo previsto.

«Ora è morto il nobile re dei Burgundi, e anche il giovine Giselher e Gernot? Nessuno dunque più sa, tranne Dio e me, dove si trova il tesoro. Ma a te, donna infernale, sarà nascosto per sempre».

Ella disse

«Tu hai mal riparato il male che mi hai fatto.

«Ma voglio conservare io la spada di Siegfried. Egli la portava, il mio dolce e diletto sposo, l'ultima volta che lo vidi, e il mio cuore ha sofferto per la sua perdita più che per qualunque altro male».

Ella trasse quella spada dal fodero. Egli non potè impedirglielo, e, sollevandola con le due mani, gli tagliò la testa.

Re Attila vide ciò e ne fu molto addolorato.

«Sciagura!», esclamò il re. «È stato ucciso dalle mani di una donna il più valoroso eroe che mai abbia combattuto in battaglia e portasse scudo. Per quanto io gli sia stato nemico, mi rincresce per lui».

Maestro Ildebrando disse:

«Ella non godrà della gioia di averlo osato uccidere. Benchè egli abbia procurato pure a me angoscia e pena, voglio vendicare la morte del nobile eroe di Tronje».

Egli si slanciò pieno di collera su Crimilde, e le menò un colpo di spada. Il furore di Ildebrando le arrecò la morte. Le sue grida angosciose non le servirono a nulla.

Da ogni parte giacevano cadaveri. La nobile regina era tagliata in due pezzi.

Teoderico e Attila piangevano, e lamentavano la morte di tanti parenti e amici.

Tanta gloria e tanto onore erano finiti nella morte.

Non v'era persona che non avesse da piangere qualcuno.

La gioia del re era finita nel dolore, come succede spesso che la disperazione succeda all'allegria.

Non posso narrarvi quello che accadde in seguito, se non che si vedevano piangere dappertutto pagani e cristiani, cavalieri e donne, e anche belle fanciulle, che avevano perduto quelli che amavano.

Non vi dirò altro di questo grande dolore.

Lasciamoli giacer morti coloro che furono uccisi.

Qualunque cosa sia poi accaduto nella terra degli Unni, qui questa storia finisce; questa è la canzone dei Nibelunghi.